U0820044

铁葫芦

铁肩担道义　葫芦藏好书

# 绘画中的日常

李梦 著

百花洲文艺出版社

毕沙罗《鲁弗申雪中街道》

雪中街道》(*Street in the Snow at Louveciennes*) 的作品中，毕沙罗在白、灰及土黄三色之外，又加了些蓝色的调子，有深有浅，用来涂擦画中的天空。而阳光透过枝丫落在雪地上，留下缤纷斑驳的树影，比西斯莱的雪景更多了些欢愉活泼的气质。谁让毕沙罗是天生的乐观派呢，即便描写冬日落雪，画上堆叠的油彩中，也嗅不出任何萧索与破败的气息。

印象派受日本浮世绘等东方艺文思潮的影响极深，西斯莱认为自己的画作也深受东方古典园林布局的影响。东方园林讲究周正端庄，去繁就简，不事张扬，而西斯莱对于意象的取舍以及画幅空间感的处理，都能依稀见到东方式含蓄温婉的性情。《鲁弗申的雪》让我想起中国北宋画家范宽（约 950—约 1032）的代表作《雪景寒林图》。同样的宁谧，同样强调画幅空间的纵深感，但范宽作品的苍茫意味更浓，气质也更显深沉。这位与董源（约 934—约 962）、李成并称“北宋三大家”的山水画家，不单开创了苍茫寥廓的“北派山水”，实在也是一位画雪景的好手。《雪景寒林图》几乎是中国古代山水画中描述雪景最具代表性也最为人

范宽《雪景寒林图》

熟知的作品。

此画为绢本纵轴，以水墨写成，描摹秦陇山脉雪后景象。画长近两米，宽度超过一米半。范宽常年在山中隐居，故而对山景四季与四时的明暗变化，颇有一番体悟。而且，画家是陕西人，对秦地风物如终南山和华山等的草木山石感情深厚，因此，他的水墨作品大多以北地风景入题，内容抑或皴法都极厚实，不娇柔不扭捏，当得起一个“大”字。

与范宽最为人熟知的杰作《溪山行旅图》相若，《雪景寒林图》兼采“高远”（远处鸟瞰，人小山大）及“深远”（山腰云气萦绕）构图法，画中巨壁高崖，“折落有势”（米芾语）。远景为山，近景有树有水，树下、山顶及山脚屋顶上未融之积雪，又有渲染和点缀之效。寒林与雪景之间，人、山寺与居屋都显得小，观者立于画前，将自己想象成画中仰头观山观雪之人，更不由不感慨山水自然之宏大壮阔。

范宽画山，向来乐意凸显山势之浩大磅礴。印象派画作中人物的出现虽说意在衬托风景，但仍大致遵循实物比例。范宽等北

傅抱石《巴山夜雨》

（William Turner，1775—1851）。这位十九世纪英国最具知名度的风景画家，同样乐意在画幅中呈现风暴及大雨的场景。而且，他那些急速的、大力道的油画笔法，与傅抱石的毛笔皴法两相对照，竟颇有几分相似。

在透纳之前，英国风景画仍以写实为主，强调形似，专注构图与设色的同时亦专注景物细部描摹。然而，在透纳的作品中，“像”或者“不像”变得不再重要，画幅的感染力与冲击力才是画家关心的重点。透纳的作品最吸引我的地方在于它们的神秘，不论《雾晨》中的静谧风景抑或翻滚着大浪的《斯塔法岛的芬格尔岩洞》，都试图突出光暗对比，少用线条多用色块，氤氲的、朦胧的，像蒙着一层纱。这位被誉为“光之画家”的艺术家到了晚年，画中景色愈见神秘，写实的意味愈发淡，画幅愈见抽象。莫奈早年间造访英国，对透纳等人的风景画印象深刻，可见其设色及用光对后来活跃在法国等地的印象派画家，亦有深厚影响。

《雨，蒸汽与速度》（*Rain*，*Steam and Speed*）是透纳晚年的代表

作品，完成于1844年。画家描摹一列火车在梅登黑德桥上急速驶过的场景。火车冲破风雨迎面驶来，一副兴奋的模样，似乎要冲出画框之外。有人说这幅作品反映出画家对于工业革命（以蒸汽火车为代表）改变时代景状的思考，我却更关心画家借助火车和桥灯等意象，对于风雨之势的描摹。画中，大团黄色的光晕染开来，桥和火车的形状几乎难以辨识，只见一束黑影遥遥地从画幅深处冲到近景中来。观者看画，宛若身处一片迷蒙风景中，耳畔似有风声，也有火车汽笛鸣响，代入感极强。

不论傅抱石的水墨抑或透纳的油画，在呈现雨这一意象时，总不免要借助他物。透过山色树影，透过忽明忽暗的路灯或者疾驰的列车，雨的味道、气息乃至声响于是生动鲜活起来，历历如在目前。不过，俄罗斯画家康定斯基（Wassily Kandinsky，1866—1944）描绘雨的画作，看起来则要更抽象、更隐晦一些。

《雨中风景》（*Landscape with Rain*）创作于1913年，是这位俄罗斯表现主义画家旅居德国时完成的作品。当时，康定斯基与同为画家的好友马尔克为他们联合举办的展览，取了“蓝骑士”一

透纳《雨，蒸汽与速度》

名，后人便习惯于以这一名称来称呼两人那些抽象意味浓郁的作品。当时的康定斯基，借由一系列蓝骑士展览，尝试愈发抽象的画风，并逐渐找到自己的艺术风格。从那以后，康定斯基不再为具象的物件固限，而是以强烈对撞的色块以及颇为即兴且任意的构图，呈现作画时的心绪及意念。“表现主义”（expressionism）的概念正是由此而来，因画家更倾向于以富于想象力的用色与构图而非直白的写实笔法，来表达自己的所思所想。

这幅《雨中风景》，便是表现主义艺术理念的绝佳例证。作品由大面积的、氤氲的色块以及缠绕而凌乱的线条构成，构图不循章法，乍看上去像是小孩子的信笔涂鸦。然而，细看之下，一种真率且随性的美逐渐浮现。我们不得不感慨画家对于色彩的敏锐感知力，他不必借助风雨中飘摇的草树，也不需要画出蒸腾而朦胧的水汽，只用那些色调及情态迥异的色块，以交错、拼贴或叠合的方法堆砌在一起，便自然产生出一种狂风大雨的气势来。作者未明言画暴雨之强劲，观者自然能从线条与色块之间，读出狂放不羁的气势来。

上述三位画家作品中的雨，都是气势庞然的样子。或许，相比温润如酥的小雨，扯天扯地垂落的大风雨，更张扬更富戏剧性，也更容易在画布上淋漓呈现吧。试想，如果透纳画中火车进站时天空飘着微微小雨，又或者傅抱石在某个淅沥春雨的午后望见金刚坡油绿的草树，又该如何落笔画雨呢，恐怕只能在画中添多三两撑伞人了。

KANDINSKY

康定斯基《雨中风景》

# 花的情绪

活跃在十九世纪后半叶的印象派画家，迷恋自然中的花木、草树以及山泽。他们大多爱好旅行，时常在户外写生，执着于在画布上呈现自然光线的明暗变化。自然界中的景物，浸在或明或暗的光中，色泽及情态也很有些差别，无怪乎法国人莫奈（Claude Monet，1840—1926）能将一池睡莲画出万千缤纷的景致呢。

提到莫奈，除去那幅人尽皆知的成名作《日出·印象》外，他描摹花卉的作品同样予人深刻印象。晚年的莫奈，定居于法国小镇吉维尼。在屋后花园中，他种下很多睡莲，并以此为题，创作出二百多幅大小不一的画作。画家最初定居法国乡间时，并未想过以屋后睡莲为题创作。在他看来，那些花不过是为装饰庭院而种植的。直到有一天，他在花园闲逛，忽然被阳光下水面上睡莲随风摇摆的姿态吸引，才有这众多鲜艳缤纷的作品流传后世。

在浪漫主义发轫前，花从来都不是画作中的主角。它们要么插在花瓶中，要么被戴在头顶或者握在手中，成为画中人身份或心境的象征，甚至只是陪衬和点缀而已。到了莫奈等印象派画家笔下，花代替人成为画中主角。它们通常活泼泼地生长在户外，在泥土里，在水中，有阳光雨露滋养，看上去格外生动。画家画花，不为暗示或喻指什么，只是单纯呈现花的情态与色泽而已。对于脱离肖像画传统固限的风景画家而言，画作如同日记一般，记录画家对于周遭环境及日常生活的体悟。看似寻常的花草，由于与创作者、与观画人的生命经历相勾连，如同有了体温及情感一般。

莫奈看花，有时在正午，有时在晨昏，有时在桥上，有时在岸边。因此，睡莲系列（Nymphéas）虽说题材及内容相仿，却因观赏角度及光线的明暗不同，呈现出丰富的层次及样态。相比这位法国画家早期的作品，这一时期的画作不论用色抑或笔法，都更显得潇洒且奔放。孔子说“七十而从心所欲不逾矩”，这话用来形容画睡莲的莫奈，竟格外恰当。

当时一场关于睡莲的大型展览，恰好在画家本人七十岁生日前后举办。1909 年，四十八件以睡莲为题材的画作展出，以“水上风景”命名。也是在那一年，莫奈患了白内障，自此直到十多

莫奈《睡莲》

年后去世时，一直受眼疾的困扰。对于画家，尤其是关注色彩的印象派画家而言，患上白内障的后果，几乎与作曲家双耳失聪一样严重。然而，晚年为眼疾所苦的莫奈，竟创造出一系列包括睡莲、罂粟花与鸢尾花在内的传世画作，让人不由想到失聪后创作《第九交响曲》等伟大作品的贝多芬。

后世学者指出，莫奈患上眼疾后，对于风景色彩的捕捉，常常有失真确。因此，在画家晚年睡莲系列作品中，用来描摹水塘的蓝色很深，近乎紫色，与你我日常所见的情形并不相符。不过，画家用色的不循常理，反而为其作品添多了浪漫甚至梦幻的意味。早期创作《日出·印象》与《花园中的女子》等作品时，这位印象派画家已不像古典主义画家那样关注画中人体与物件的细部，也避免极力追求形似的写实手法；到了晚年，画家干脆将所谓的“形似”置之不理，以愈发奔放的笔法和更加大胆的用色，将水塘中花与叶片蓬勃生长的状态涂抹在画布上。

这种“写意重过写实”的做法，与梵高对于向日葵的描画对照来看，倒是十分近似。这位荷兰画家身处后印象派与现代主义

梵高《花瓶里的十二朵向日葵》

转接的关键时期，其画作摹写实景的功用逐渐让位于表意及抒情。与印象派前辈如莫奈等人相比，后印象派画家如梵高与塞尚等人，对于画中色彩更为热衷，也更加乐意以绘画诠释心情及意绪。

在生命的最后两年里，梵高创作出若干向日葵画作。每一幅都是静物画，构图极为相似，唯背景颜色时有不同。当我们见到瓶中绽放的向日葵时，我们关心的并不是画中花与实物是否相似，也不是画家是否真确地呈现出向日葵在不同光线与不同空间中姿态的差异，而是更在意那些金黄色的、灿若阳光的花束，怎样将画家创作时丰盈且饱满的情绪呈现出来。当你面对那一束任性恣意生长的向日葵时，你怎会感受不到梵高创作时蓬勃的、不吐不快的热烈情绪呢？这位荷兰人性情孤僻，看上去沉默寡言，内里的激情却时常如火一般燃烧。我们一边读他写给弟弟提奥的信，听他在信中赞美、抱怨或申斥，一边看他笔下的向日葵，仿佛读懂了这位百多年前天才的孤独。

到了另一位画坛天才达利（Salvador Dalí，1904—1989）那里，画中花则完全离开实在的情景，进入一重超现实的神秘氛围里。

在他 1958 年的画作《冥想的玫瑰》(*Meditative Rose*) 中，花没有生在土壤中或水池里，也不曾插在桌上花瓶中，而是飘浮在空中，像一团硕大的、身姿魅惑的云。在巨大花朵的反衬下，地面上站着的两个人，竟显得格外渺小。玫瑰素来是爱情的象征，达利将这幅作品献给令他心动的女模特加拉，以表明自己难以抑制的爱意。

像达利这样的超现实主义画家，从来都是一副“语不惊人死不休”的模样，连面对爱人诉说情话及表明心意的关口，也偏偏要用上这般奇特甚至诡异的态度。不过，与他其他作品中那些液态的钟表与扭曲的树枝比起来，这幅画中的玫瑰虽然体形庞大，用色甜腻又夸张，样貌却显得颇为“正常”。这也算是搞怪惯了的画家，为爱情做出的一番小小努力吧。要知道，加拉可是唯一能够驯服这位怪才的女子，她是达利的缪斯，也是他的经纪人。没有她，达利那些古怪兮兮的画作，可能根本无法在当时收获名望与金钱。

在达利眼中，红是激情与热烈的象征，玫瑰喻指爱情及性欲。他将这两重象征叠合聚集在一幅作品中，无疑加重了抒情及渲染气氛的效果。想来收下这幅画的女子，一定能准确无误地明白送花人的心意。后来，加拉成为达利的妻子，两人相伴度过后半生。加拉在 1982 年去世后，达利有很长一段时间失去了生活的热情，甚至企图自杀。

晚年生活舒适的莫奈，感情热烈灼烧的梵高，以及深陷爱情中的达利，纷纷以画花来表达自己的情绪及心意。可见画家若浪漫起来，用情之深与表意之直白，一点都不输给诗人。

# 在水边

董源《夏景山口待渡图卷》

小时候读《诗经》，有两句记得特别清楚："蒹葭苍苍，白露为霜。所谓伊人，在水一方。"河海浩漫，佳人在远方。不过十六个字，却将一种浪漫又哀伤的气氛写得生动传神。

在中国古代画家笔下，河与湖通常是柔和又缱绻的。水面平阔，水上有小舟，岸上垂柳，风过或雨落的时候，很有些寥落甚至孤寂的意味。岸边偶尔有人，或站立远望，送别远行友人，或半卧树下，独对风声与琴声。画中人的情绪与心境，与周遭浩渺虚静的天色与水光对照，生出唱和的美感。

五代画家董源那幅传世名作《夏景山口待渡图卷》，描摹的正是水边的开阔场景。这幅长度超过三米的长卷，由画幅中间的一带山及山上的草树，分为左右两个场景。画中有两片水域，夹岸有三道山，山势不险，水流也缓，从远处看，这山水相衔的一片风景显得格外安宁。

画幅右半部分的水面上有一只渔舟，岸上隐约可见半檐茅屋。这屋或许是捕鱼人伴水而居的住所，又或是他歇脚小憩的地方。左侧水面上也有小舟一只，船头向岸，与岸上站立的人遥相应和。既然画作取名“待渡”，我猜想岸上人应是等待那船来，渡他过河。捕鱼人与岸边茅屋之间，摆渡人与待渡旅人之间，细想都有些相依的关联，水上与岸上两重光景，也因之生出某种互动的、应和的生趣。

董源这幅作品，乍看起来不过是寻常的山水画作，却不是只写景不见人的那类。画中舟者与待渡人，置于整个浩阔空间中不免显得渺小，却是不可或缺的意象，为这安宁闲适的情景添多一些关乎俗世的亲切。若我们遵循长卷的观赏顺序由右及左看过来，“水—岸—水”的空间排布与画中“(捕鱼人）归来—(待渡人)远行”的叙事结构相对照，行行重行行，有回环往复之美。

与董源画中的氤氲与虚渺不同，法国画家修拉（Georges-Pierre Seurat，1859—1891）的《大碗岛的星期天下午》（*A Sunday on La Grande Jatte*）中，虽说同样有水有人，有岸有树，却是一重迥然不同的景象。这位十九世纪法国知名画家的作品，看上去方正、克制，人与人之间找不到言语甚至眼神的交流，实际上暗流涌动，充满神秘甚至诡谲的意味。

当我们谈论修拉的作品，我们总会提到他的点彩技法，提到他怎样不厌其烦地用笔尖画点。近看，那些密密麻麻的圆点无甚美感；远看，这一个个小点串成线再铺开成面，画中景与人竟逐渐明朗生动起来。不过，如果我们谈论《大碗岛的星期天下午》这幅画的时候，只关心画家怎样用了两年时间将一块七平方米的画布上涂满圆点，就太不了解修拉的良苦用心了。河岸与水面上的人与物，从女人手里牵的猴子，到岸边钓鱼的女子，再到画面正中的白衣小女孩，背后总有些故事，要放回到当时当地的情境中看，才能咂摸出滋味。

不如从大碗岛这地方讲起。如今的大碗岛（Island of la Grande Jatte）是巴黎富人居住休闲的地方，但是在十九世纪八十年代，这个岛的名声远没有如今这样好。法国作家莫泊桑曾在《周日夜晚》中写道："大碗岛上与塞纳河畔挤满了做爱的男女。"如果你碰巧住在当时的巴黎，不想费时费力又费钱地去法国南部度假，这个距离市中心并不算远的小岛，或许是你谈恋爱、写生或晒太阳的好地方。

修拉《大碗岛的星期天下午》

于是，我们在修拉的这幅画中，见到并肩的恋人、拉小提琴的男人以及岸边独钓的女子。你或许会觉得钓鱼女子的姿势有些怪：她站着，帽檐压低，目光垂落而不是望向浮标，看上去一副心猿意马的样子。其实，这女子并非为水中的鱼，而是为岸上的男人而来。妓女扮成钓客，一来可以成功避开警察，二来也向那些有意上钩的人提供了充足的暗示。更有趣的是，“钓鱼”与“犯罪”在法语中发音相近，用钓鱼隐喻非法拉客行为，或许是画家开了一个“一语双关”的小玩笑。

再说画幅前景处那位臀部高高翘起的女人。她打扮入时，站在同样衣冠楚楚的男人身旁，看上去像一位频繁出入酒会和舞会的交际花。我们如何判断她的身份呢？或许可以从她手上牵着的那只猴子看出一些端倪。与中国传统文化中动辄以“灵气”或“福瑞”等褒义词来形容猴子不同，在欧洲，猴子这种动物由于喜欢模仿人的举止行为，常常被视作调侃与嘲笑的对象。显然，画家对于迷恋浮华及奢靡生活的交际花并没有什么好感，让她牵一只猴子，并非意在显示她的宠物怎样与众不同，而是以物比人，将装模作样的女子与那学人打扮的猴子相提并论呢。

你看，《大碗岛的星期天下午》看似描画了一幅明媚愉悦的周末郊游场面，背后其实藏了不少可意会难言传的小秘密。岸上看似旁若无事晒太阳的游客，其实各自怀揣了难以言说的、尴尬甚至是龌龊的心事；那一池水以及水中的鱼，本与这俗世中的纠结与曲折两不相扰，却也在不经意间，成为画家建构隐喻的对象。

巧的是，挪威超现实主义画家蒙克（Edvard Munch，1863—1944）也时常在画作中呈现水面及岸边的景象，与修拉一样，他画中的水，并非只是山与山之间绵延流淌的陪衬，也不只为人提供垂钓或舟渡的方便，而是另有一重情绪及心理上的意涵。

在他最为知名的作品《呐喊》（*The Scream*）中，我们见到一条翻涌的、裹挟着欲望乃至罪愆的河水。《呐喊》创作于1893年，那一年，蒙克三十岁，刚刚在柏林结识了易卜生和斯特林堡等剧作家，也渐渐开始以猛烈对撞的、饱满的颜色，抒发自己内心深处的焦虑及恐慌。或许因为时常与戏剧作家为伴，蒙克的画作也极富戏剧张力，甚至偶尔用力过猛，给人“语不惊人死不休”之感。在《呐喊》中，那种极度戏剧化的张力借由画幅前景中张大嘴巴、神情惊恐的男子，以及画中摇摆扭曲的线条及色块表现出来。

一座桥将蒙克这幅作品分作两部分，一边是水，一边是岸与岸边的桥。桥上有三人，两人站在远景处，身影模糊，近景处的一位男子，双目睁大，两手捂耳，因双手过于用力而将面孔挤压得变了形状。从这幅画创作至今的一百多年间，再没有第二位画家能像蒙克那样，如此直白又传神地以画笔描摹焦虑与绝望。你可以说蒙克画中的男子是他本人，那翻涌着巨大旋涡的河流是来自地狱的冥河，而画中场景是画中人在极度焦灼不安时内心情景的某种外化。但若我们放大开来，用画中人的经历解释彼时欧洲乃至全世界人类的处境，也未尝不可。

1893 年逢世纪之交，过去触不可及，未来无从知晓。法国人用了这样一个词“Fin de siècle”（世纪末）来解释当时社会思潮的变动，既有对逝去荣光的怀缅，也有面对未知的不安。众多哲

蒙克《呐喊》

学家与艺术家，在向后与向前这两重力量的拉扯下，变得茫然无措，甚至坠入虚无之中。就像《呐喊》中双手捂住耳朵、背对湍急河水的男子一样，试图借由“不看”或“不闻”之类的消极办法，躲避变动以及变动之后可能招致的灾祸。你看那画中的水翻滚着，似乎随时都会冲上岸来，将过往数百年间人类遗留的痕迹冲塌或抹去。

面对这样一潭水，我们恐怕很难像董源画中的人那样，怀着恬淡而有些许哀伤的心境，迎接迢迢到来的舟渡吧。时而开阔安宁，时而喧嚣甚至引人惊恐，这是水的特质，也是它最具魅力的地方。

# 早餐的味道

去年冬天，我去张先生的家乡。他带我去吃了当地很有名的小吃——糁。吃糁，通常在早晨。路边一间小店，进门处支一口大锅。锅中热腾腾煮着粥，锅旁大盘里盛着些切成薄片的牛羊肉。粥熬好后，舀入碗中，再将薄薄的肉片连同香菜和胡椒粉等调味品掺进去，仰头呼噜噜灌进肚里，好喝又暖胃。

许多地方都有属于自己的早餐文化，比如临沂的糁、桂林的米线，还有武汉的热干面等。曾有湖北的朋友跟我讲，早晨不吃一碗热干面，一整天都过得不痛快。旧时候的画家们，比如西班牙人委拉斯凯兹（Diego Velázquez，1599—1660）和法国人库尔贝（Gustave Courbet，1819—1877），也不时在其作品中描摹家人或好友相聚共进早餐的场景。

委拉斯凯兹生活在文艺复兴末期，是一位出色的现实主义艺术家，后半生一直为西班牙王室服务，凭借肖像画作《宫女》等为人熟知。这位西班牙人的一生很有些承上启下的意味，上承文艺复兴思潮对于理性的推崇，下启注重情绪及画幅张力的浪漫主义和印象派诸画家。他活跃的十七世纪上半叶，正逢西班牙帝国最后的光辉时日，也是西班牙文学及美术的黄金时期。当时，一众西班牙画家深受意大利人卡拉瓦乔（Michelangelo Caravaggio，1571—1610）影响，关注现世，热衷观察世俗生活，时常描画吃喝聚会种种寻常生活图景。委拉斯凯兹也不例外。他的作品中不乏对于希腊和罗马神话人物及故事的描绘，也有相当数目的画作反映了彼时民众，尤其是底层民众的生活，比如《煎蛋的老妇人》以及《早餐》(*Luncheon*)。

《早餐》大约完成于1618年，当时的委拉斯凯兹尚未进入宫廷，不必将大量心力投注在那些内容单调且要求苛刻的皇室委约作品上。他的早期作品虽说不及之后的《宫女》与《镜前的维纳斯》那般有名，却自有一种朴拙而天真的美感。

《早餐》一画采用稳固的三角形构图，描绘酒馆或路边餐馆角落中友人小聚的情形。画幅中央偏下方有一张桌子，桌子三面围着四个人，神情欢愉。桌上放着几样简单食物，有面包，有酒，还有盛在碗中的贝类海鲜以及某种状似石榴的水果。尽管食材极为普通，画中四人仍交谈甚欢，看得出是相识已久的朋友，

委拉斯凯兹《早餐》

在某个闲暇的早上聚在一起，吃吃东西聊聊天。室内虽昏暗，但有一束光从左侧照进来。画中人及桌上食物浸在暖黄色调中，又多了些温馨的意味。画家这一颇富创造性的明暗对比手法，显然深受卡拉瓦乔影响。

对于小型餐厅与酒馆中饮食场景的描绘，大量出现在十六及十七世纪的西班牙绘画作品中。当时写实主义盛行，画家们渐渐从对于宗教题材的推崇，转而观察衣食住行等生活场景。《早餐》中皱巴巴的餐桌布、沉暗的墙面，以及画中人多少有些夸张的肢体语言（特别是与那些正襟危坐、沉静安详的肖像画主体相比），都体现出所谓的“小酒馆画风”（bodeganos）与底层民众生活的紧密关联。

同样，在另一位现实主义画家库尔贝看来，作画必为直陈生活。这位法国著名画家有一句名言：“我不会画天使，因为我从来没有见过他们。”库尔贝曾在巴黎学习法律，后来在父亲的支持下放弃学业，转去艺术领域中探索。他的作品如《碎石工》、《奥尔南的葬礼》以及《狩猎早餐》等，均由柴米油盐或生老病死等人生百态入题，内容紧贴地面，笔法也极尽写实主义之能事。

1858年，库尔贝创作《狩猎早餐》(*The Hunt Breakfast*) 时，将场景设定在一片有水有树的密林中。一群穿着考究的男女，正在狩猎间隙享用食物。盛放食物（面包、水果以及酒）的篮子，被画家摆放在画幅前方正中显眼处，在身着骑马装的男人以及长裙女子面前。画幅左侧有一截小溪，一名男子正俯身溪旁，一面清洗餐具，一面与身后女子交谈。画幅右侧的红衣男子背对观者，左手叉腰，头转向右侧，欣赏猎物，或许在琢磨着满载而归后的一场盛宴。两只猎犬在他脚下安静小憩，面向观者的一只眯着眼，憨态十足。

这幅画的背景颇具古典美，画家描绘草树的笔法，让人想及法国巴洛克时期重要画家普桑（Nicolas Poussin，1594—1665）的代表作《阿尔卡迪的牧人》。在库尔贝的作品中，人物、食物以及风景之间，形成某种和谐且安宁的互动关联。男女在林间野炊，为这原本寂静的树林添多一些生趣，也令整件作品显出亲昵

库尔贝《狩猎早餐》

且自足的烟火气，引得观者不由生出尘世安稳的感慨来。

说到岁月静好，另一幅与早餐有关的画作不得不提，那就是荷兰画家维米尔（Johannes Vermeer，1632—1675）的那幅《倒牛奶的女仆》（*The Milkmaid*）。单是翻画册时遇见，我已被画中细腻安宁的意味吸引，若有一日站在阿姆斯特丹国家博物馆展厅中欣赏真迹，恐怕非要凝神屏气不可了。

维米尔这幅作品，并未直白呈现众人围坐桌前享用早餐的情形，而是将时态向前推移，以家中女仆在厨房中准备早餐时的场景入题。维米尔作画时喜用蓝黄两色：代表作《戴珍珠耳环的少女》中，少女身着黄色衣衫，戴蓝色头巾；《倒牛奶的女仆》中，不单身形壮硕的妇人穿的一条宝蓝色长裙格外显眼，连她身旁摆放着面包与陶罐的餐桌桌布以及抹布也全部染以蓝色。

画中，餐桌、桌上食物以及妇人形成一个稳固的三角形构图。妇人的视线以及透过左侧窗落下的光束，将观者目光引向妇人双手托起的砖红色陶罐以及罐中缓缓流淌出的牛奶。牛奶若凝脂一般，在红黄蓝众多鲜艳颜色的反衬下，异常醒目。画家并不

维米尔《倒牛奶的女仆》

想描摹厨房的忙碌与嘈杂，相反，他痴迷于呈现一种静态、一种慢。这种慢与安宁，若没有妇人专注的神情，若没有像一道微型瀑布般流淌入桌上盛器中的牛奶，效果怕要失去大半。

《倒牛奶的女仆》属维米尔早期作品，大约创作于画家二十七岁前后。那几年，正是维米尔一生中最舒心的一段日子。他继承了父亲的旅馆生意，娶了自己的女模特，并迅速跻身当时荷兰城市代尔夫特的上流社会。若不是生活优裕，心境平和，想来维米尔也画不出如此恬静的作品。然而，家族生意随后转差，维米尔陷入贫穷境地中，不得不卖掉家族产业，还得常常依靠岳母资助。四十三岁那年，维米尔突发疾病去世。在生命的最后时日，画家午夜梦回，会否想及十多年前画中那位沉静的少妇以及当年的好日子呢?

我们无法将早餐或准备早餐的场景出现在画中的缘由，仅仅归结为画家爱吃。早餐作为饮食文化的一种，足以反映出某时某地普通民众的生活景状。画家记录下这些生活情景，将彼时彼处的历史以某种新鲜生动的视觉图景呈现出来。一粥一饭看似寻常，细想却别有一番素朴深沉的情味。

# 梵高画鞋

许多画家都有自己钟爱的题材或物件：法国印象派画家毕沙罗喜欢巴黎近郊的草树与河流；马列维奇与蒙德里安爱画方块；波特罗时常在画布上呈现肥胖的人体；对于莫迪利亚尼来说，表情哀伤的人的面孔，则是他毕生不曾离开的母题。

提起荷兰画家梵高（Vincent van Gogh，1853—1890），我们通常会想到他笔下的向日葵。那些如火焰般奔放炽热的花束，既是梵高由早期灰暗画风转向后印象派的见证，也是画家内心世界渴求爱与自由的写照。与“向日葵”系列同为画家巴黎时期代表作的鞋子静物画，却时常被人忽视。这似乎也不能怪我们，谁让那些鞋子太普通呢，既不是淑女喜欢的尖头小高跟，也不是做工考究的绅士牛皮鞋，而是沾满泥巴、雨水，甚至草屑的大靴子。脏兮兮也就罢了，那几对靴子总是很破旧：鞋帮耷拉下来，鞋带松垮垮的，有些甚至断掉了，怎么看都是一副垂头丧气的模样。

梵高一生共创作了八幅以鞋为主题的静物画。画中鞋子形态各异，种类不同，不过大多是黄色或褐色的，摆放在明黄色或深棕色的地板上。除荷兰特有的木鞋之外，画中最多的就是靴子了。为什么梵高喜欢画靴子？这要追溯到1886年画家某次路经市集的经历。

1886年可谓梵高创作生涯的转捩点。那一年，他搬去法国巴黎居住，大量接触印象派画家及其作品，开始在画布上涂抹鲜艳明亮的色彩。在那之前，梵高的油画作品大多是灰暗甚至阴沉的样貌。不论1881年描摹土豆和卷心菜的静物画，抑或1885年创作的《食土豆的人》，都用了厚且重的油彩，看上去灰扑扑的，沉重压抑，在相当程度上受到以伦勃朗为代表的荷兰画派的影响。不过，1886年到1888年间，在梵高旅居巴黎的这两年里，他作品中阴暗萧索的味道淡了，取而代之的是热烈不拘、蓬勃涌动的生命力。他开始画花，画餐桌上黄澄澄的柠檬，以及巴黎郊外明媚爽朗的春天。

梵高之所以选择旧鞋子这一再寻常普通不过的物件入题，是因为1886年一次逛街时得来的灵感。当时，他在巴黎一个跳蚤市场上见到一双穿旧了的靴子，没来由地觉得亲切，便将它们带回位于蒙马特高地的寓所兼画室。我在多伦多读书的时候，曾经

梵高《一双鞋》（*A Pair Of Shoes*）

和朋友逛过皇后街上不少二手服装店，也常常见到有人将穿旧了的靴子折价出售。对于那些喜欢复古或“做旧”风格的时尚潮人来说，淘到心仪的一对靴子，让它们陪伴自己度过加拿大漫长的严冬，确是一件温暖甚至浪漫的事情。但是梵高买下这些靴子，并非像如今的时尚达人那样追求另类与特立独行，他更看重的是旧靴子的低廉价格及实用性。别看梵高的作品如今动辄在拍场卖出上千万美元的高价，但当画家在世的时候，他的作品乏人问津，他本人也因卖不出画作而被迫过着清贫简朴的生活。单凭画中那对靴子的形态，我们几乎可以猜出画家本人的日常生活，该是怎样的无奈与潦倒。而且，梵高一生未婚，曾经爱过的女子，均因为他的贫穷和神经质而拒绝了他的示好。梵高先生当年在巴黎寓所中面对这些成双成对的靴子时，会不会一面作画一面感慨生活的孤寂呢?

都说“睹物思人”，可见与人贴身相伴的物件，往往在不知不觉间染上与主人相似的脾性。除去梵高之外，还有一些画家曾在作品中描摹鞋子的样貌。虽说在那些画作中，鞋子并不一定是

凡·艾克《阿尔诺菲尼夫妇》

主角，但鞋子与鞋主身份的相关性，其实颇堪玩味。

凡·艾克（Jan van Eyck，约1385—约1441）是梵高同乡，是文艺复兴时期尼德兰地区最著名的画家之一。《阿尔诺菲尼夫妇》（*The Arnolfini Portrait*）是凡·艾克最为人熟知的作品，画中充斥着众多象征意味浓郁的意象，左下角一双木鞋正是其中之一。据说，在荷兰的民俗传统中，丈夫与妻子在新婚时要穿上木鞋，故鞋子在这一幅作品中，有婚姻与爱情的象征。细心的观者还会发现，画中鞋子的鞋尖朝着窗户的方向，似乎意味着画中男子即将前往外面的世界闯荡，肩负起供养家人的职责。在印象派画家德加（Edgar Degas，1834—1917）的作品中，鞋子也每每成为画中人身份的象征。他时常在芭蕾舞者的排练室中观摩，曾创作众多描摹芭蕾舞者日常生活的场景，比如排练、小休以及演出前调整舞鞋等。在德加的笔下，芭蕾女舞者的舞鞋通常以白色及粉色为主，形状小巧雅致，与舞者的身姿一样，透出优雅的、女性化的气质。

有趣的是，关于梵高画中鞋子的主人是否梵高本人这一问

德加《两位芭蕾舞者》（*Two Ballet Dancers*）

题，还曾引起哲学家海德格尔与艺术史学家夏皮罗之间的一场争论。哲学家海德格尔在《论艺术品的本源》（*The Origin of the Work of Art*）一文中，曾以梵高画中鞋子为例，解释艺术品在美和善这类惯常的评价维度外，其背后还应该有“真理”这一特质。在海德格尔看来，梵高画中的鞋子是一对属于农妇的鞋子，鞋子上泥土与雨水的痕迹，依稀让人想到做惯体力劳动的体格健壮的妇女，穿上它们在田间奔波忙碌。原本，我们单单从“物性”这一角度来谈论这双鞋，而当我们得知鞋子的主人是一位农妇后，我们在欣赏鞋画的时候，不免会给这一寻常物件增添些许世俗的、人性化的重量——它成为私有品，它开始懂得讲故事，它将人与土地联系起来。在海德格尔看来，艺术家对于鞋子背后故事的执着探寻，恰是其发掘真理的体现。

此文发表数十年后，美国艺术史学者夏皮罗发表一篇文章，名为《描绘个人物品的静物画：关于海德格尔与梵高的笔记》。在夏皮罗看来，海德格尔对于史实的掌握有谬，梵高画中的鞋子并不属于一位农妇，而属于梵高本人。他对于画中物件做了严格考证，甚至专门去信海德格尔，最后得出的结论是：鞋子不属于乡间，而是来自城市。夏皮罗引述梵高写给好友高更的信件，称梵高之所以乐意画鞋子，是因为他年轻的时候经常穿着这样的靴子在比利时乡间辛苦传教。由此可见，梵高眼中的旧鞋子，并不单单只是可以穿着的、舒服又廉价的物件，而是成为他个人经历的一部分，引出他的怀想与喟叹。

虽然夏皮罗对于海德格尔的指责不免苛刻（海德格尔其实无意细究历史，只想以梵高的鞋画为例，解释自己的哲学观念罢了），但我十分赞同夏皮罗对于静物画中意象与画家关系的解释。梵高的那些静物画与风景画，看似没有人，其实处处见人：向日葵与麦田像是远方理想；旧靴子是眼前无奈的生活；画中那些大块的、明亮的黄色与蓝色，其中说不定隐藏了画家的童年记忆呢。如是说来，夏皮罗将那几双旧靴子形容为梵高值得怀缅的、神圣的“遗迹”，竟颇有几分道理呢。

# 画家的睡房

也许因为太熟悉，又或者太忙碌，我们似乎总不能腾出多些时间来，好好观察与自己朝夕相处的空间。通常，我们只是将居所当作吃饭、休息或者娱乐的地方，至于房间中物件与人的互动以及空间与个体在情感上的关联，却较少被你我提及。心思敏感的画家们，对于自己的住所，每每投注更多目光。描写睡房的画作，最出名的要属梵高那几幅《在阿尔的卧室》（*Bedroom in Arles*）了。前不久，美国芝加哥美术馆举办了一场名为“梵高卧室”的特展，展出梵高在生命最后两三年里，创作的三幅以卧室为主题的画作。

1888 年 2 月，梵高因为身体原因，离开巴黎，前往法国郊区阿尔休养。从那时起直至 1890 年自杀离世，梵高的精神状况虽说时好时坏，却创作出了他一生中最伟大的几件作品，比如《麦田里的乌鸦》、《星夜》、《夜间露天咖啡座》以及《在阿尔的卧室》。我们熟知的那间睡房，梵高一共画过三次。1888 年秋天完成第一幅，翌年九月又相继绘制两幅。房间内的摆设并无明显差异（不过是一张床、一张桌子、两把椅子、一扇窗和墙上的

梵高《在阿尔的卧室》

几幅画而已），观察角度也无甚变化，只是最后一幅尺寸更小些，墙面的蓝色与前两幅相比，更明亮活泼一些罢了。

《卧室》一画初看时平平无奇，描绘的不过是穷困潦倒的画家在乡下旅居时的一间睡房而已。然而，我们如果仔细观察，便会发现房间中的物件都处在不稳定的状态中：床与椅子的画法并不符合透视法；墙上的画是歪的，几乎要掉下来；窗户是半开半掩的，玻璃被蒙上了，风景被全然挡在窗外。这幅作品看似鲜艳明亮，在表意上却是封闭且孤独的。它虽说有门也有窗，却更像一个完全闭合的小世界。画家身处其中不问俗世，同样，俗世也无暇顾及他的苦乐悲愁。法国乡间的小房间之于这位荷兰画家，是一处避风港，也是福柯所谓的“异托邦”（heterotopia），一个异质化的、远离日常生活的空间。

有趣的是，哥伦比亚当代艺术家波特罗曾创作过一幅同样描摹睡房的作品，取名《我在麦德林的房间（临摹梵高作品）》（*My Room In Medellin, After Van Gogh*）。画作描摹艺术家本人位于故乡麦德林的一间卧室，画中意象及笔法等与梵高那幅相比，有颇多相似处：同样用色鲜艳且对比强烈，同样有桌有椅有床有墙上画，只是床上多了熟睡的画家本人，桌上多了波特罗钟爱的橙子和梨。另外值得一提的是，梵高画作中的那扇窗，被哥伦比亚画家替换成了一面圆镜。镜子加重了画面的闭合式叙述，令这个夜晚时分的房间愈发显得宁静且神秘。

在艺术家的居住空间中，睡房相比书房、餐厅与会客厅等，私密性更强，也更能体现画家本人的性格及创作时的心境。还记得毕加索创作于1901年的《蓝色房间》(*The Blue Room*) 吗？当时，这位西班牙艺术家初到巴黎闯荡，生活上颇为窘迫艰难，故而他那几年创作的作品时常浸在忧郁的蓝色氛围中，“蓝色时期”因之得名。

这幅《蓝色房间》呈现的景象，是年轻的毕加索在巴黎租住的一间简陋公寓。房间不大，家具不多，只有床、沙发、圆桌和衣柜而已。画幅中间略偏左的位置，有一位裸女模特，站在盛满水的浴盆中擦拭身体，可见当时初来乍到繁华世界的毕加索，租不起工作室，只能在狭小的卧室中作画。房间有窗，在左侧，细长形的一条，窗外虽有风景，却看不真切，像是下着大雨。窗外的雨与房间内浴盆中的水两相对照，给人一种湿漉漉的观感，愈发加重了画中潮湿且忧郁的气息。试想，如果在这张染了蓝的画作中，有明快阳光透过窗户闯进室内来，反倒显得不伦不类吧。隐居阿尔的梵高以及初到巴黎的毕加索，都不是快乐无忧的，因而，当他们描摹与自己最为亲近的睡房时，下笔时总不免透露出屋中人隐晦的、难以言明的心事。画中的房间，虽陈设相似，却各有性格，要么焦虑不安，要么阴沉忧郁，绝不像你我想象中的睡房那样温煦安宁。

当梵高与毕加索试图将自己的卧室以封闭且内向的样貌呈现时，马蒂斯（Henri Matisse，1869—1954）却反其道行之，将自己位于海边的房间画得通透且明亮。梵高一生潦倒，毕加索早年郁郁不得志，而法国人马蒂斯几乎从未尝到生活中尴尬与艰辛的滋味。他在富裕商人家庭长大，年纪轻轻便成名，一生顺遂，除晚年因病不良于行外，并不曾过多感知生之无奈与苦痛。他创作于 1917 年前后的画作《美丽海岸旁的房间》（*My Room At The Beau-*

马蒂斯《美丽海岸旁的房间》

*Rivage*)，或多或少反映出画家本人乐观且豁达的性情。

马蒂斯是野兽派创始人，这一绘画流派承袭了印象派及后印象派的某些特征，用色鲜艳，偏爱大色块涂擦，笔法率真甚至狂放。马蒂斯早期作品以静物画为主，构图相对工整，用色也中规中矩，写实意味浓郁。后来，他受到法国后印象派画家卢梭影响，开始在作品中掺入原始主义元素，尝试更奔放的构图及设色，以介乎抽象与写实之间的笔法，为二十世纪上半叶绘画中的造型艺术增添活力及实验性的意味。

在《美丽海岸旁的房间》中，画家便是以这样开敞且不乏跳跃感的方法，描绘自己位于海边的居所。画幅远景的中间位置有一扇窗，饰以精致帷幔，敞开来，一点也不羞涩。观者站在画前，似乎能听见风吹动窗台上绿色植物的声响，闻到扑面而来海风的咸腥气。这一扇敞开的窗户，除去为画幅增添生动且明朗的意味之外，还将窗外景物纳入观者视线中，扩阔了画面的空间感。与他那些色彩鲜艳且充斥着冷暖色块对撞的画作相比，马蒂斯这幅描摹睡房的作品多用暖色调，明亮却不浓烈，鲜艳却不显得过于戏剧化，予人温馨宁谧之感。试想画家置身这样安宁简雅的空间中，望着丝绒沙发、花朵纹样的精致壁纸以及窗外浩瀚无边的大海与天空，怎能不由衷生出岁月静好的观感？

马蒂斯每每描绘房间时，窗和门总是敞开的，室内与室外的明媚风景互动频繁，与梵高及波特罗作品中封闭的、自给自足的空间迥然不同。打开窗户，让窗外风景呼啦啦闯进来，居然能产生如此迥异的观感，真是奇妙的事情。窗户开合之间，不单改变了画面的构图及气氛，与作画人的状态及心境亦两相应和。

# 除了美女和狗，画室里还有什么

不久前，我很喜欢的一份杂志推出名为“作家书房”的选题，邀请知名作家带领读者参观他们的书房，包括藏书以及书桌上的摆设等。读者因此了解到作家创作时的灵感来源，对于写作者生活及工作的认知也愈发丰满。同样，画家工作室中的陈列和摆设，也可以或多或少帮助观者了解百多年前艺术家的日常起居乃至彼时社会的人情百态。

在我们的惯常印象中，艺术家的工作室中一定少不了模特的存在。对于那些热衷于描绘人体及擅长肖像作品的画家而言，有时穿衣有时不穿的模特是他们创作时的视觉参考及灵感来源。还记得十九世纪写实主义画家库尔贝那幅名为《画家工作室》（*The Artist's Studio*）的画作吗？面积不大的一间工作室中挤满了不同年龄及不同职业的男女，位于画幅正中最显眼处的，是一位站在艺术家身后、体态丰盈的女模特。有趣的是，模特在该画中扮演的角色，并非被观察与被描画者，而是画家身旁的看客，欣赏画家创作一幅几近完成的风景画。其实，有些女模特的审美及艺术感知能力不俗，时常充当画家的缪斯，鼓励其创作并提出真诚且有

库尔贝《画家工作室》

见地的主张。德加和马奈等人的女模特，甚至本身已是当时颇有名气的女画家。

在女画家的工作室中，偶尔也有男模特出现。俄罗斯女画家芭什科塞夫（Marie Bashkirtseff，1858—1884）的作品《在画室中》（*The Studio*），便描摹了一个众多女画家围坐素描的场景。高台上站立的模特是个面容清秀的小男孩，腰间围一块布遮住私处，打扮成希腊或罗马神话故事中的牧羊人。在众多异性目光的注视下，这男孩显然有些不自在，眼神偷瞄画框外，神情紧张而羞怯，引得观者忍不住会心微笑。

对于擅长风景及静物画的创作者来说，工作室中的模特并非必要的存在。像莫奈和巴齐耶（Jean Frédéric Bazille，1841—1870）那样关注光线及色彩的印象派画家，工作室里可以没有美女模特，也可以没有素描需要的人体骨架及雪花石膏制成的半身雕塑，但一扇或几扇大窗户是必不可少的。十七及十八世纪的尼德兰地区画家描摹自己画室的作品，通常看起来光线沉暗；来到十九世纪之后，我们再看印象派和表现主义等画家的工作室，发

芭什科塞夫《在画室中》

觉空间开敞了不少，光线也更为充足。原来，画室的空间设计不单与画家本人的审美口味及经济实力有关，还与他的创作需求有相当紧密的关联。

在一篇介绍画家工作室的文章中，艺术史研究者雷切尔·埃斯纳（Rachel Esner）提出这样一个观点：画家的创作习惯乃至性格脾气等，大多能透过画室中的陈列及状态体现出来。对于创作习惯与画室风格的关联，我们在上文中已略作分析，那么性格脾气呢？我们怎样透过画室中物件、人与空间三者之间的互动，了解艺术家本人的喜好呢？埃斯纳找出若干艺术家描摹其工作空间的画作，经由对比分析，将艺术家分为“好独处”与“爱社交”这两种类别。喜好独处者的画室中，通常只有画家一个人，独自面对模特或雪花石膏雕塑；而对于社交型画家而言，邀请朋友来工作室参观并聊天，是再开心不过的事情。兴致上来，有人坐在钢琴前即兴弹一首，有人拎过鲁特琴（中世纪至巴洛克时期盛行于欧洲的一种拨弦乐器）或小提琴演奏一曲，还有人大笑、舞蹈或逗一逗宠物狗。这时候的画室，已不再是单纯的工作与起居空间，而成为亲友聚会的场所。人与空间互动频繁，空间的私密性减弱，愈发显得开扬且自在。

我们不妨以荷兰画家维米尔以及法国画家巴齐耶等描绘工作室情形的作品为例，分析两种类别画家在画室中各自呈现的状态。维米尔这幅《绘画的艺术》（*The Art of Painting*）创作于 1665 年至 1668 年间，画中有维米尔本人的背影以及模特的侧颜。艺术家与模特之间并无交流，虽然后来有研究者认为画中模特是维米尔的女儿，然而单看作品时，我们察觉不出作画人与模特之间的亲密关系。画家兀自沉浸在创作时专注且平和的样态中，模特也低首凝神，以至于整个空间中的人与物件都是静止的，时间也几乎是凝固的，予人时日宁静的观感。

那个时期的维米尔，尚未为战乱所苦，生活及事业俱顺遂，显然颇为享受这种静心思考并创作的时光。而且，维米尔借由这幅描摹工作室的画作，也悄悄将自己的创作喜好（比如多用蓝色，时常在人物左侧画一扇窗户等）告诉观者。难怪这幅画又名为《绘画的寓言》呢，这种暗示的、不明言的做法，倒也颇符合

维米尔《绘画的艺术》

维米尔本人的性情。

相比之下，十七世纪尼德兰地区画家莫勒纳尔（Jan Miense Molenaer，1610—1668）与法国人巴齐耶的工作室，则要热闹得多。莫勒纳尔是荷兰黄金时期知名画家之一，师从知名肖像画家哈尔斯（Frans Hals），其后逐渐发展出独特的、颇富戏剧性的创作风格。因为画家本人是出了名的音乐爱好者，所以众人演奏音乐的场景，在他的作品中频繁出现。在莫勒纳尔这幅描画工作室的作品中，他巧妙地将音乐演奏与绘画创作这两个场景合而为一，画面因此显得相当热闹。画家本人立于画幅左侧，一面调制颜料一面忍不住扭头欣赏画室正中小矮人与宠物狗嬉闹的场景。画家身旁的一位长须老者怀抱乐器，看样子正在奏乐助兴。画幅右侧的画家妻子以及手握调色板和画笔的画家助手正交谈甚欢。倒三角式构图增加了画面的稳定感，而画幅下方歪倒的酒瓶以及左下角支在桌边的鲁特琴，尤为周遭环境增添了不少生趣。物件与物件、物件与人之间的互动颇具律动感，与作品本身的音乐主题亦两相契合。

印象派画家巴齐耶创作于1870年的作品《巴齐耶的画室》

莫勒纳尔《画家在他的画室中》（*Painter in His Studio, Painting a Musical Company*）

(*Bazille's Studio*)，也是有人弹琴有人聊天，一幅热闹生动的景象。初看时，我本以为这是几位雅好艺术的绅士因缘小聚，后来才知道画中的每一个人，日后都成为欧洲艺术史及文学史上难被遗忘的名家。画中共有六人，都是西装打扮，分作三组。画幅最左侧坐立的是画家雷诺阿，站在楼梯上与他交谈的是日后写出《娜娜》和《三城记》等名作的作家左拉。中间站着三个人：右边身材高大一些、手持调色板的是巴齐耶本人，中间戴帽子的大胡子男人是莫奈，莫奈旁边的大胡子男人是马奈。三人正在探讨巴齐耶创作的一件作品。画幅最右侧弹钢琴的那位是巴齐耶的朋友、作曲家艾德蒙。他估计是见到一众画家讨论创作心得，自己插不上话，就自顾自走去弹琴了。

恐怕连巴齐耶自己都想象不到，这幅当年的信笔之作，日后竟成为人们研究印象派的重要参考。这一场并不那么正式的日间社交，经巴齐耶呈现在画布上，多年后竟具备艺术史及社会学研究价值。或许，艺术本身，正是由这样偶发的、不可预知的小奇迹拼凑堆叠而成的吧。

巴齐耶《巴齐耶的画室》

# 镜子中

中国古代诗家词人咏镜者众，要么叹其状若圆月皎皎引人相思怀念，要么是照镜人感慨年华易逝。词句间通常带些忧伤，很有些时光易老的失落。在百多年前欧洲画家的作品中，镜子却无意扮出伤感寥落的模样。那些或圆或方的铜镜，通常执在娇俏女子手中，是美与善的象征。

活跃在十七世纪上半叶的弗兰德斯画家鲁本斯，近乎偏执地喜爱在画中描摹丰腴且性感的女子。提香与波提切利等文艺复兴画家笔下温婉贤淑的美神维纳斯，来到鲁本斯画中，竟变成有双下巴也有小肚子的壮硕女人。鲁本斯画过众多维纳斯像，画中这位美与爱的女神有时与儿子丘比特一起玩闹，有时与恋人阿多尼斯相拥起舞，或者干脆露出一只乳房或丰满脊背，对镜自赏，神情中很有些自得自娱的意味。

镜前维纳斯这一题材，不单鲁本斯喜欢，提香、委拉斯凯兹和波利尼等文艺复兴及巴洛克年代的知名画家也曾以此为题创作。在那些画家看来，镜子这一意象总是与美人密不可分。画中的维纳斯，要么自己执镜，要么由小天使代劳。有时，女神面

鲁本斯《镜前维纳斯》（*Venus at a Mirror*）

对观者，或坐或卧；有时，她背向观众，露出肩背。不论姿态如何，观者、镜中景象以及女神维纳斯之间每每构成一个三维空间中的三角形，观者目光与画中女神目光时常沿三角形边缘传递或游动。而镜子出现在画中，为画幅本身添多一重看与被看的关联，画家、观者以及画中人物之间的互动也因此显得愈发微妙。

还记得中国古典园林中的借景技法吗？园艺师透过窗与镜等，将原本处于观者视力范围之外的景色带至游园人眼前，景与景之间因而不再被隔断，而是流动、往来或牵扯，成为一个整体。而说到镜子的“借景”功能，便不得不提到文艺复兴时期画家凡·艾克的那幅《阿尔诺菲尼夫妇》。这幅画可说是欧洲艺术史上最神秘且最耐人寻味的作品之一，画中涉及婚姻、民俗乃至彼时社会景况种种，在此，我们主要谈谈画作远景墙上的那面镜子。

从表意角度看，圆形镜子出现在画中，是祝福新婚夫妇生活圆满且久长；在构图层面分析，背景墙面上的圆镜既能增加画面纵深感，也能将原本处于观者视线范围以外的景象不动声色地带入画幅中。因此，我们在画中镜子里见到房间另一侧的摆设，以及画家本人的样貌。或许，当年的画家已猜到这幅作品足以传世，便用这样巧妙的办法将自己的肖像嵌入画中，这与中国古代景德镇工匠在御瓷器物内壁等隐秘处签名的做法，又何其相似。

不少艺术家在画中描摹镜子，不外乎为了某种“展示”的目的，要么像凡·艾克那样展示自己的作画人身份，要么学提香和鲁本斯等人，借镜中景展示画中人的面容及身段。在数百年前文艺复兴及至浪漫派的作品中，手持镜子的通常是女神或凡间美女，因此，镜子出现在画中的时候，在某些人眼中几乎成为了虚荣浮夸的象征，似是在强调女子相较于男子更乐意照镜子，是因为她们对于自己的美貌格外自信甚至自恋吧。我却并不同意将画中镜的意涵窄化，因为那样一来难免落入刻板的性别成见中，认为女子只知贪恋容貌，且将女子的样貌单单认作男权社会审视与想象的产物。

现当代艺术家中，有些较为特立独行些的，虽说不一定是女权主义者，但我们在他们的画作中见到的持镜女子，却不单单只为一个“靓”字而出现。且以毕加索创作于1932年的《镜前少女》（*Girl Before A Mirror*）为例。画中女子（据说是毕加索当时的情人）侧对观众，她原本的侧脸与她镜中的侧脸得以同时出现在观者眼前。有趣的是，两张面孔的样态及神情相差甚远：左边的以红、黄暖色调为主，看上去饱满且生动；右边镜中的面孔上多了大色块的绿，鼻变尖了，面部的轮廓也相对生硬了些。如果画幅左侧的面孔反映出画中女子实际的样貌，那么镜中的面孔则可能暗示出女子平日里少为人见的一面，又或是透露出女子隐藏至深的心事。在毕加索笔下，镜子不再只是照出样貌的物件，似乎也能帮助观者窥得画中人乃至画家本人的心事。镜子因之成为画中人乃至观画人用来自我审视与自省自悟的物件。

再说另一位法国画家巴尔蒂斯（Balthus，1908—2001），他的那幅《镜子里的猫》（*The Cat in the Mirror*）不单有他钟爱的宠物猫（巴尔蒂斯总爱将自己的猫摆入画中），还有一面镜子。镜子拿在一位女孩子手上，女孩近乎全裸，坐在床沿上，毫不顾忌地将双乳及私处袒露在观众眼前。这倒也不奇怪，因为巴尔蒂斯画中的

毕加索《镜前少女》

Picasso, Pablo (1881—1973): *Girl Before a Mirror* (Boisgeloup,March 1932). New York, Museum of Modern Art (MoMA). Oil on canvas,162.3 × 130.2 cm. Gift of Mrs. Simon Guggenheim.Acc. n.: 2.1938. © 2016. Digital image, The Museum of Modern Art,New York/Scala, Florence

女子通常大胆又随性，她们才不会像淑女那样一颦一笑都要守规矩呢，要么双腿叉开，要么撅起屁股，一副全然不在乎画框外目光的样子。

《镜子里的猫》一画中的女孩子左手举起镜子，右手握一把梳子，看上去似乎在对镜梳妆，细想下，其实镜子面前的女子与镜子背面的猫之间，隐约在扮演某种互动或互为映照的角色。猫与女子借由这面镜子完成的“互看”，使得人与动物之间建构起一重隐喻。你可以说女子是猫的想象，也可以说猫是女子对于自我身份的界定。多熟悉的场景。还记得庄周梦蝶的故事吗？那场梦，究竟是庄周的，抑或是蝴蝶的？

其实，镜子不单可帮助你我自赏或自省，亦有观察与监视的功用。我们时常在文具店或饰品店的高处墙角，见到一个凸面镜。这种镜子的反射光向外散开，人哪怕站在角落，也能借由镜子遍观店铺各处动静，任何人想在店里要要诡计或小聪明，都不是容易的事情。巧的是，我们在凡·艾克同乡、另一位弗兰德斯画家克里斯塔斯（Petrus Christus，1410—1475）的画作《金匠在

克里斯塔斯《金匠在店中》

店中》(*A Goldsmith In His Shop*) 里，也见到一个凸面镜。

凸面镜位于画幅右侧，被画中金铺主人摆放在工作台上。他正坐在工作台后，帮助身旁一对新婚夫妇挑选锻造饰品的黄金。这幅创作于 1449 年的风俗画作品，很能体现北方文艺复兴时期的绘画风格，笔法冷静，拒绝浮夸及煽情，且多关注画中人与物件的细部等。画家采用写实手法，将当时街边一间普通金铺，依原样搬入画面中。在今天的观者看来，六百年前欧洲的金铺与我们如今常见的饰品店，在陈设及格调上竟很有些相似呢。而那角落里的凸面镜，不动声色地将店铺外街道上的情景置于观者眼前。对于当事的店铺主人而言，这种镜子是监视店内与店外动静的绝佳工具，而对于后世的学者和爱好者而言，镜中的风景对于研究彼时彼处建筑风格和城市空间布局等，均不乏参考价值。

说了这么多，只是想提醒大家，下次去博物馆或画廊看画的时候，记得留心画中那些大小不一、形状各异的镜子。那其中，或许藏着不少画家与画中人的小秘密呢。

# 蛋壳内外

还记得小时候听过的故事“达·芬奇画蛋”吗？这位文艺复兴时期的伟大画家，初学画时曾被老师逼着每天画蛋，而且要从横竖左右不同角度仔细观察。按照老师的说法，一千只蛋中，没有任何两只是完全相同的；每天重复练习画蛋，观察事物细节的能力才会提高。后来，我们知道了这个励志故事像华盛顿砍樱桃树一样，是大人编出来哄孩子的，但仍不免好奇问一句：长大后的达·芬奇，还会画蛋吗？

文艺复兴时期的油画中，蛋的形象并不少见。荷兰画家博斯（Hieronymus Bosch，1450—1516）曾在一幅名为《蛋中音乐会》（*Concert in the Egg*）的画里，描绘几位乐师坐在削去一半的蛋壳中演奏，姿态与表情均活泼逗趣，让人想到童话故事中的小人国。西班牙画家委拉斯凯兹的早期作品中，有一幅名为《煎蛋的老妇人》。锅里浮着泛油光的鸡蛋，老妇手中也握着一颗，身旁怀抱一只大南瓜的男孩子眼巴巴望着，整个画面极富俗世情趣。至于长大后的达·芬奇，画蛋技法也未曾生疏。在他 1506 年创作的作品《丽达与天鹅》（*Leda and the Swan*）左下角处，有四个破壳而

博斯《蛋中音乐会》

（赛斯托仿）达・芬奇《丽达与天鹅》

出的婴孩。

“丽达与天鹅”是希腊神话中最广为人知的故事之一，不少艺术家都曾以此为题材，创作素描、油画和雕塑作品。据说宙斯爱上埃托利亚国王之女丽达，丽达当时已嫁做人妇，是斯巴达国王的妻子。生性风流的宙斯觊觎丽达的美貌，又害怕惹麻烦，于是化身为一只天鹅，引诱丽达。后来，丽达生下两颗蛋，每颗蛋中各有一对双胞胎。一对男孩后来成为天上的双子星，而那个名叫海伦的女孩因为生得太过美艳，曾引起长达十年的特洛伊战争。除达·芬奇外，米开朗基罗、鲁本斯和柯雷乔等知名画家也曾将此题材入画，有些在画幅角落处画上一颗或数颗蛋，有些只是单纯呈现赤裸的肉体及情欲。不知达·芬奇画中出现的裂为两半的蛋壳，会否因为画家存了私心，想要纪念当初苦学画蛋的日子呢?

在基督教语境中，蛋意味着重生。耶稣在死后的第三天复活，一众信徒于是举办复活节，庆祝方式包括装饰彩蛋以及跳鸡蛋舞（egg dancing）等。后者是一种游戏式的舞蹈，曾在十五世纪的英格兰和弗兰德斯（今比利时西部、法国北部以及荷兰沿海部分地区）等欧洲地区十分流行。舞蹈前，人们在地面上摆满鸡蛋，请舞者成对上前舞蹈，哪对舞者踩碎的鸡蛋最少，便是游戏的最终胜出者。还有一种玩法是，舞者以脚举碗，再将碗抛起落地，以罩住不停在地面滚动的鸡蛋。以碗盖蛋的玩法，曾出现在文艺复兴时期弗兰德斯画家如阿尔岑（Pieter Aertsen，1508—1575）和小勃鲁盖尔（Pieter Bruegel the Younger，1564—1636）等人的画作中。

对于小勃鲁盖尔和他的爸爸老勃鲁盖尔（Pieter Bruegel the Elder，1525—1569），爱画人并不陌生。这对父子是文艺复兴时期欧洲北部（此处的北部并非如今的北欧诸国，而是与文艺复兴起源地意大利所处的欧洲南端相对而论）的重要画家，对乡间生活题材格外偏爱。农民舞蹈、乡间集会以及乡村婚礼等，时常出现在他们的油画作品中。小勃鲁盖尔作画时，大量使用土黄色。土黄色地面、土黄色茅草房，以及农人土黄色的棉衣，种种都是那个年代弗兰德斯乡间的常见景象。

这幅名为《鸡蛋舞》（*The Egg Dance*）的画作与画家其他作品构图相仿，用众多人物与高低错落的房舍将画面塞得满满当当。因画家深谙主次分明的道理，故而画中虽人物众多，却不显得杂乱无章。画作采用对角线式构图，两条对角线的交点正好落在画中主角身上。散落在对角线上的配角，如左侧的琴师、琴师身旁提剑的看客、右侧餐桌旁扭头好奇张望的男子，均将目光投注在画面正中舞蹈的女子以及她脚下的鸡蛋上。女子小心翼翼的表情以及奏琴乐师前仰后合的姿态，也使得整件作品看上去颇具律动感。

不过，并非所有看客都像画幅最右侧的女子那样凝神专注。左侧茅草屋中有两对男女，一对正在忘情拥吻，另一对则双双望向右侧屋顶，不知正聊着怎样开心的事情。画中人偶尔的“走神”，是勃鲁盖尔父子作品的特征之一。一场婚礼中，或一次愉快聚餐的场合，身形粗壮的农人及农妇常常三两成群，有时共舞，有时躲在角落偷吻，有时举杯豪饮，经常将画中主角冷在一旁。像这样旁若无人的自娱自乐，被注重礼节与仪式感的城里人

小勃鲁盖尔《鸡蛋舞》

见到，可能会撇撇嘴，但日日与泥土和庄稼打交道的乡下人，才不会拘束呢。勃鲁盖尔父子描摹场景的画作之所以传神，正在于他们将农人聚会的纷乱与热闹，透过这些偶尔走神、偶尔忘乎所以的小细节传递出来。

勃鲁盖尔父子，尤其是老勃鲁盖尔描摹乡村景象的画作，在相当程度上受到另一位弗兰德斯画家阿尔岑的影响。常年定居安特卫普的阿尔岑画过很多静物画，其中尤以食物画为多。他并不单纯画食物，而是通常将肉和蔬菜等安置在特定场景中，以暗示画中人正处在聚会或仪式的情境中。当生肉、牛头和刚刚宰杀的公鸡出现在画幅前景的时候，我们透过远处的场景得知，那是富裕人家正在施舍食物。1567年的画作《卖菜人》中，葡萄、胡萝卜和花椰菜等环绕着卖菜妇人，妇人面色生动，令人想及乡间市集的热闹景象。他创作于1552年的作品《鸡蛋舞》（*The Egg Dance*），描绘的则是某个小酒馆场景。人物的姿态表情以及空间中物品的摆放，都是乱糟糟的：盘子悬在桌边，眼见就要掉落；妇人专注望向画幅右侧跳起鸡蛋舞的男子，几乎忘记了手中的陶

阿尔岑《鸡蛋舞》

罐和长柄勺；远景处的小男孩对房间里发生的一切显然心生好奇，不顾身后父母的劝阻非要探进身子来看看。如果说小勃鲁盖尔的那幅描摹鸡蛋舞的画作尚显得克制且周正，阿尔岑这件作品则完全是不拘束的样子：什么都随意，却随意得并不令人讨厌。

欧美人以装饰彩蛋庆祝复活节，实是将耶稣复活与鸡蛋的“重生”意味勾连起来。过往数百年来，蛋的象征意义从未改变。当代艺术家如杰夫·昆斯（Jeff Koons）的装置作品再另类再不循常理，仍无法跳脱“蛋意指重生”这一语义框限。昆斯曾创作“庆祝”系列作品，其中那件以复活节为主题的作品，无可避免地以一颗裂开的紫色金属蛋为载体。

可千万别小看了那些圆溜溜的蛋。它们曾出现在数百年前的著名画作中，也是不少当代艺术家创作灵感的来源呢。

# 宴会的美丽与哀愁

曾经与朋友聊起一件事：中国人为何如此中意聚餐？亲朋之间，合作伙伴之间，抑或同学校友之间，见面时总要约在餐厅或饭馆，似乎唯有觥筹交错外加饱餐一顿才显得情谊深厚。个中缘由，不外乎中国人爱热闹，且中国的饮食文化素来丰富吧。

相较于动辄火锅、大排档或卡拉OK的现代人来说，古代人对于“聚会”这件事，则要讲究得多。说起描摹宴饮场面的古画，恐怕再没有哪一幅比顾闳中（937—975）的《韩熙载夜宴图》更为著名了。画中主角韩熙载是五代十国时南唐的宰相，南唐后主李煜的臣下。李煜虽说是亡国之君，却写得一手绝妙好词；韩熙载与他的皇帝一样，也活脱脱是个文艺男青年，文章写得好，书法也漂亮，只是为人有些放荡不羁，招养了一群歌姬侍妾，动辄在府上开宴，彻夜欢闹。

韩熙载过着这样饮酒纵乐的生活，皇帝不会不知。宋代《宣和画谱》中有这样一个故事：李煜听闻韩熙载“荒纵”，派宫廷画家顾闳中深夜时潜入韩宅，“窃窥之”。顾闳中默记下宴会时的场景，回来后将其一五一十画出来，呈给李煜，于是便有了这

顾闳中《韩熙载夜宴图》（局部）（摹本）

幅《韩熙载夜宴图》。顾闳中的画后来因战乱动荡遗失了，现存在北京故宫的这幅，是宋人的摹本。画长逾三米，共分“听乐”、“观舞”、“歇息”、“清吹”和“散宴”五部分，以长卷绘成。观画时由右及左，一场古代宴会由开场到高潮再到尾声的整个过程，也缓缓展开在观者面前。

不得不说，顾闳中是一位讲故事的高手。宴会上的男女人数多，身份也复杂（有舞女，有侍妾，还有韩熙载的友人及心腹），但放在《韩熙载夜宴图》中看，却并不显得杂乱。画家用屏风和帷幔等物件，不事声张地将画布分为五部分。每一部分自成一体，连在一起看又不觉得刻板生硬。有趣的是，画家在每一部分都画上了韩熙载，有时举扇，有时赏乐，有时击鼓助兴。由此可见，画中五部分的场景并非在同一时间及空间中发生，而画家将发生在不同时空的五个场景拼合在一起，足以令画作产生如电影一般线性叙事的、流动的观感。

即便是在这样纷繁热闹的场景中，宴会主人韩熙载却并不显得高兴。除去击鼓为舞者助兴的段落略略面露笑容之外，其余四个场景中的韩熙载俱是一副“扑克脸”，原因无他，唯官场失意、郁郁不得志吧。韩是北方人，来到南方做官，本已思乡心切，加之当时南北分治的格局下，南方君主普遍对来自北方的臣下心存芥蒂（由李煜派宫廷画家去偷窥韩熙载行踪一事，便能见出一二），种种因素累积起来，韩熙载虽说有一身本领，却无处、无力也没有胆量施展，除饮酒作乐外，又能找到怎样消弭愁怨的办法呢？

我们固然能借由这幅传世长卷，了解一千多年前五代十国时期不同身份男女的衣着扮相，能约略知道那个年代的人们怎样跳舞又怎样饮酒，也能或隐或现地从这幅热闹缤纷甚至有些虚浮的作品中，读出画中主人公苦涩且纠葛的心境。顾闳中当年一定不曾想到，自己这幅本意讨皇帝欢心、描摹欢宴场景的画作，在后世观画者眼中，竟也具备了某种“政治隐喻”的功用。

如果说顾闳中的“言在此而意在彼”是无意偶得，那么达·芬奇在《最后的晚餐》(*The Last Supper*) 一画中所意图表达的，绝不仅仅是一餐晚饭这么简单。“最后的晚餐”是《圣经》中的

达·芬奇《最后的晚餐》

著名场景，讲述耶稣遭使徒犹大背叛，将被钉在十字架上，他在受刑前一晚召集十二使徒，对众人说：“你们中有人要背叛我了。”达·芬奇在《最后的晚餐》中呈现的，正是耶稣说出此话后众人的反应。

曾有若干画家以“最后的晚餐”为题材创作作品，达·芬奇这幅却给人留下深刻印象，究其原因，一则因为这位文艺复兴时期画家出色的构图（耶稣身旁的十二使徒两两互动或三两成群，避免画幅显得拥挤且杂乱）及笔法，二来也因为达·芬奇自始至终没有明确说出谁是告密者这件事。在描画这一场景时，有些画家在犹大之外的十一位使徒头顶上都画了一圈圣光，另一些画家将犹大安排在长桌的另一侧，背对观众，藏在长桌下面的手中握着装有三十枚金币的钱袋，钱袋是他背叛耶稣得到的奖赏。如是种种安排，往往显得太过明确直接，观众一眼便能看出谁是犹大，猜谜游戏玩不下去了，画作叙事的戏剧性以及张力亦损失大半。欣赏达·芬奇《最后的晚餐》一画时，我们粗粗看过来，也许找不到谁是犹大，只有将使徒的样貌、姿态及神情逐一观察并琢磨之后，才明白：哦，原来左侧第五位、身体后倾、表情惊恐且手势僵硬的那人，就是犹大了。

达·芬奇创作此画，既不为回溯那时候人们的衣着装扮如何，也不想考证当时的晚餐除了土豆之外还有什么好吃，只是将耶稣与十二位使徒彼此间曲折回旋的一场内心戏，借由聚餐这一情境呈现出来。想来那顿晚餐一准吃得众人劳神又费心，表面不动声色、故作镇静，内里则是暗流涌动。背叛也好，忠贞也罢，假意也好，真心也罢，都藏在里面了。

的确，像《最后的晚餐》中众人那样相聚吃饭实在累，既要神情坚定地表现忠诚，也要为饭局主人抓坏蛋。还是荷兰风俗画中的乡间农民的日子过得舒服，逢婚礼或节庆就聚起来热闹一番，大碗喝汤，大口嚼饼，食客之间彼此坦荡荡，除了街坊乡邻的八卦或逸事，倒也聊不出什么关于生死或官场浮沉的大秘密来，故而画作看上去总是一派真率少烦忧的样貌。老勃鲁盖尔那幅著名的《农民婚礼》不必多言，另一位荷兰黄金年代风俗画家扬·斯特恩（Jan Steen，1626—1679）笔下的宴会场景也是生趣十足。

如果我告诉你斯特恩家族几代人均以经营酒馆为生，你或许就不难理解为什么在斯特恩那些呈现欢宴及聚会的作品中，画中人总是一副醉醺醺的样子了。在《小酒馆中的聚会》(*Revelry at an Inn*) 一画中，画幅前景处的音乐家跌坐在地面上，咧嘴大笑；身后伴着音乐舞蹈的众人也是随性至极，有些多转几圈之后脚步不稳，险些踉跄跌倒。在斯特恩另一幅作品《小镇门口的聚会》中，场面则显得更加混乱：男女聚集在半开敞的空间内，有人围坐吃喝，有人起身倒酒，有人独坐长凳抽烟，还有人从楼上窗户探出头来看热闹。见到这些夸张且毫不克制的姿态与神情，看画人几乎能听见百多年前的荷兰小镇上嘈杂的人声、驴啼声与狗吠声。

斯特恩的那些关于宴会场景的画作，用一个字便可形容：乱。后来，荷兰语中出现了一句谚语——“一个斯特恩家庭”——用来形容某种热闹且混乱的场面。斯特恩不排斥乱与热闹，甚至在相当程度上鼓励这种情绪在他的作品中蔓延，因为在这个荷兰人眼中，乱哄哄的才有生趣，才能见出踏实的、不离地的美好

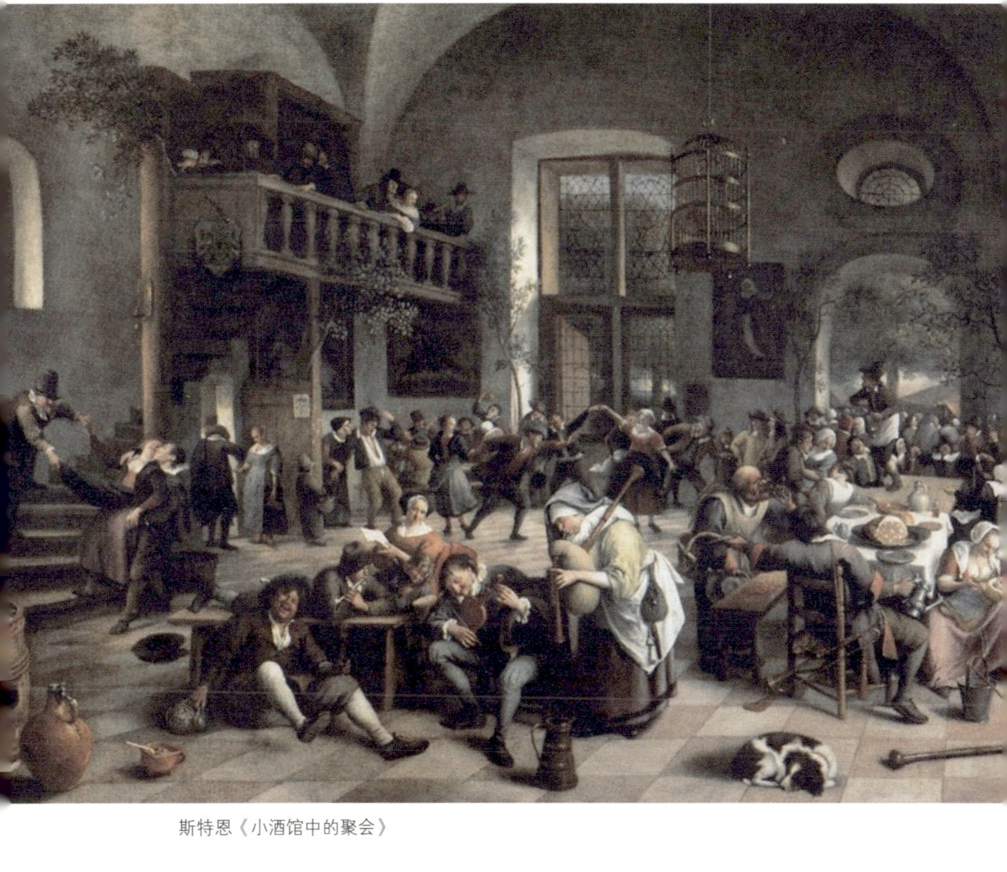

斯特恩《小酒馆中的聚会》

来。如是想来，顾闳中还是太克制了，也太讲求雅韵了，或许是宫廷画家身份所限，不敢做出格事吧。不然，为何他笔下韩熙载的所谓“荒纵”生活，既不荒唐，也不放纵，论阵势论排场，甚至比不上荷兰乡间的一场农家聚会呢。

# 母亲在画中

提到美国画家惠斯勒（James Whistler，1834—1903），很多人都会立刻想到他那幅《母亲的画像》（*Whistler's Mother*），说这件肖像作品是这位印象派艺术家最具代表性的作品，也毫不为过。

画中的母亲上了年纪，身着黑色长裙，戴乳白色精致头纱，坐在椅子上，严肃、安详、优雅。惠特勒小时候，父亲因病去世，他一直与母亲相伴，母子之间的感情绵密且深沉。在这幅作品中，三十七岁的画家用极度克制且谨严的笔法描画母亲，可见他对于眼前这位将自己抚养长大的妇人，心中必是存了难以言说的温情与敬意。三角形的稳固构图（画中人的头顶、脚尖以及椅脚位于三角形的三个顶点上）以及黑、白、灰三色为主的简朴色调，与这位十九世纪画家崇尚的和谐之美对照来看，也格外契合。

惠斯勒生性孤高，不愿从众，时常因为他人的一句非议或不负责任的指点拂袖而去。然而，他画中的世界却每每是安宁的，不见烟火气，也不见情绪上的大起大落。画家的性格与画风差别至此，倒是值得后世赏画人思考。我尤其感兴趣的是他时常将音

惠斯勒《母亲的画像》

乐和绘画这二者糅合，以画中色彩模拟不同乐器的音色，并以画幅构图及排布，模拟交响曲中各声部之间的互动。

他曾将这幅描画母亲的作品取名《灰与黑的交响曲》(*Arrangement in Grey and Black No.1*)，灰、黑二色都低调，置于同一重空间中，并不会招致极富戏剧化的张力，如若调和得当，反而会产生一种谦让的、彬彬有礼的观感，与东方美学中那种低调含蓄的气质，竟有几分相似。

晚年的惠斯勒，迷恋日本浮世绘，向往东方文化，动辄在作品中描画身着和服的女模特、圆形扇面或金色屏风等意象。那些画作中虽然尽是一些来自东方国家的传统物件，却与所谓的东方哲思及意境相去甚远，倒是这幅关于母亲的作品，内敛、沉静，与中国及日本的仕女图对照来看，颇有些遥相应和的味道。

惠斯勒因年少时父亲离世，对母亲格外依恋，还曾遵从母命去报考西点军校，即便内心深处对军事化的严苛管理异常厌恶。另一位活跃在十九世纪的画家梵高，同样在年轻时亲历父亲离世，而这位荷兰人与母亲的关系则要复杂得多。

梵高性情有些古怪，时而热烈到近乎疯狂，时而又陷入自我轻视及怀疑的泥潭中。偏偏这样一位情绪饱满、天生适合从事艺术的画家，却出生在一个保守且传统的牧师家庭中。梵高的父母都是谨小慎微的人，不愿儿子以绘画为业，唯恐他因此过上朝不保夕的生活，而梵高生性叛逆，外表木讷寡言，内里却是出名的倔强。或许可以说，梵高与母亲的关系一直在“亲密”与“疏离”之间拉扯：画家因为亲情之爱，想要靠近母亲，却不得不离家，去找寻他的艺术理想。

1888 年 10 月，梵高离世前两年，为母亲画了一幅肖像。自从十一岁离家远行到三十七岁辞世，画家与家人的关系渐渐生疏，除了与弟弟提奥一直通信外，这二十多年间见到母亲的次数并不多。他绘制这幅肖像的时候，用来当作参考的，也不过是母亲的一张黑白相片而已。梵高记得母亲的瞳孔是绿色的，所以他在这幅肖像画中，用了大片的绿色为背景。与梵高那些设色浓郁甚至生猛的作品相比，这幅画看起来相当平和，有些淡而不媚的愉悦，画中人的神情与目光很是天真，像是对未来有无限的渴盼。

梵高《母亲的肖像》（*Portrait of Artist's Mother*）

梵高对母亲的爱是真纯的，不掺杂任何世俗的功利意味，也不希求回报。腼腆如他，从没有机会将爱意说出口，只好透过一幅画像吐露心意。美国作家塞林格曾说：爱是想触碰却收回手。梵高与母亲之间的微妙关系，用这句话来形容，也并无不妥。

母子之间爱而不得的遗憾，在美国画家高尔基（Arshile Gorky，1904—1948）的作品中也能找到。高尔基原籍亚美尼亚，少年时经历了该国于 1915 年至 1917 年间发生的那场骇人听闻的种族屠杀。大屠杀后仅一年，高尔基的母亲便去世了，死于饥饿。后来，画家离开伤心地，去往美国，却终其一生都活在对母亲的思念之中。

1926 年至 1936 年间，高尔基花费十年心力，创作了一幅名为《艺术家与母亲》的作品，以自己八岁那年与母亲唯一的一张合照为蓝本。画中的小男孩，神情落寞哀伤，身边的母亲倒是一副安宁平和的模样。画中那件白色长裙源于画家记忆中的母亲在厨房忙碌的时候，时常穿一件白色的围裙。多年过去，我们对于逝去亲人的言行举动或许记不清了，唯有衣衫与物件，长久地留

艺术家与母亲的合影（左），画作《艺术家与母亲》（右）

在脑海中。睹物思人，引来画家以及后世观者的感慨与喟叹。

哪怕画家本人的性格再桀骜不驯，当他们描画母亲的时候，用笔却每每温情缱绻，唯有德国超现实主义画家兼诗人恩斯特（Max Ernst，1891—1976），毫无顾忌地将母亲教训孩子的场景铺排在画布上，而且那位妈妈打的儿子不是别人，竟是耶稣基督。

圣母与圣子是画家们特别是十九世纪之前的宗教画家们频繁描摹的形象。当玛利亚与儿时耶稣在画中出现的时候，要么是母亲怀抱儿子，要么是儿子在母亲身旁玩闹。谁能想到呢，那位眼神与举止充满爱意的圣母玛利亚，竟然在恩斯特的画中打起孩子来，下手还挺狠，儿子屁股上的红印清晰可见。

这幅画创作于1926年，属于画家早期作品。当时的他，尚未走入彻底的无厘头与乖张情景中，描摹人与物件的时候，仍以写实为主。恩斯特一向对颜色敏感，曾一度迷恋夏加尔和康定斯基等抽象表现主义画家作品中用色的迷离与奇幻。这幅《圣母掴打圣子》中，浓烈到近乎炽热的红与绿等大色块，对于呈现画中的暴力场面，很有些推波助澜的意思。

画中内容并不复杂：圣母打圣子，三人旁观。圣母的姿势和表情都是扭曲的：双腿叉开，手臂扭曲成一个奇怪的弧度，面孔处在阴影中，表情沉暗。被她夹在两腿之间的儿子，毫无招架之力，连头上的光环都落在了地上。画家借由窗户与墙面，将画中空间分为前后两个层次。前景中是圣母教训圣子，背景是三个旁观者躲在墙后。三人对于母亲教训儿子的场面显然没什么兴趣，目光偏向他处。

说起来，画中“打”与“旁观”这两个动作虽浅明易懂，细想却极富暗示意味：“打”不单意味着母亲对儿子的惩罚，也在打人者与被打者之间搭建起一重权力关系；“旁观”就更耐人寻味了，面对眼前的暴力，旁观者介乎“看”与“不看”之间的举动，或多或少暗示出画家对于人际关系乃至人性本身的悲观。

恩斯特从来不屑于虚浮的迎合与赞美，他的画每每惹人触目惊心。当他想呈现暴力、绝情及冷漠的时候，他找来圣母与圣子这样至美至和善的形象。这一明一暗之间的落差，不禁让我想起鲁迅说过的一句话：“悲剧，就是把美的东西毁灭给人看。”恩斯特做得更绝，他不单亲手毁灭了美的东西，而且是笑着完成了毁灭这一动作。不信你看他画中那些浓烈鲜艳的颜色，哪有半点怜悯可言？

母亲必得慈爱，女性必得温柔，如是种种，曾一度成为绘画乃至艺术创作中的定式。定式无可厚非，只是重复得多了，难免审美疲劳。若要将这定式打破，非得像恩斯特那样不循常理的冒险主义者才能做到。

# 我的身体倒转过来

去年暑假在纽约，去现代艺术博物馆（MoMA）闲逛，撞见几幅克里姆特（Gustav Klimt，1862—1918）的画作。这位活跃在十九及二十世纪之交的奥地利艺术家一生创作离不开爱与性、生与死的母题。那些镶嵌着金银箔片、蜗牛壳，甚至孔雀羽毛的作品，明显受到拜占庭繁复华丽装饰画的影响；而画中那些描摹人体的蜿蜒流转的线条，又与日本浮世绘写景状物的方法相若。

十九及二十世纪之交，欧洲艺坛出现了一个名为“维也纳分离派”（Vienna Secession）的艺术流派，克里姆特正是发起人之一。他们反抗既定的传统与权威，通过绘画、办刊和展览等方法，公然对相对保守的学院派风格发起挑战。在克里姆特1899年的画作《真相》中，赤身裸体的红发女子站立于画幅正中，眼神坚定，十足自信，丝毫不见羞赧畏缩的神情。画幅上方，有这样一句近似宣言的画家独白：“如果你无法以你的艺术成就满足所有人，那么，满足少数人吧。”

若说克里姆特那些内容和设色俱鲜艳的作品中，将“爱”这一主题诠释得最为直白且富吸引力的，恐怕非《吻》（*The Kiss*）

克里姆特《吻》

莫属。他在1907年至1908年间创作的这幅油画作品，借助画幅正中拥吻的男女二人，呈现出爱的忘我与投入，赤裸又不乏细腻。

早年的克里姆特，创作相对保守，尚未跳脱传统程式与风格的固限。自维也纳艺术与工艺学校毕业后，他参与了一系列壁画及建筑装饰品的绘制。1900年前后，当他为维也纳大学大会堂创作的三幅充斥着情色元素的壁画招来保守人士的指责与非议时，克里姆特失去了公众的认可及褒赏，却找到了真正属于自己的风格。《吻》恰好创作于艺术家自我意识觉醒的黄金时期。此处的“黄金”一词，可以看作一实一虚两重意思的叠合。一来，进入二十世纪后，克里姆特在作品中大量使用金色，耀眼华丽，有些乍看上去甚至过于浮夸；二来，他那些呈现爱欲、糅合东西方艺术技法的作品，正正见证了画家在创作上的渐趋丰满与成熟。

装饰画及拼贴画的技法，在《吻》中有淋漓尽致的展现。画中男女两人的身体裹缠在柔软的金色布幔中，女子双臂勾住男子脖颈，男子双手捧起女子面颊。男子在高处，背对观者，女子身体呈半跪状，双目紧闭。两人均无意与观者交流，兀自沉浸在爱情的甜蜜与喜悦中。更有趣的是，包裹男子的布幔花纹以黑白方块为主，女子则是杂色的椭圆。方与圆、黑白与彩色的两重对比，与画中男女性情对照，又多了一重象征主义（symbolism）的神秘意味。

说到神秘，恐怕再没有哪幅画作能够像马格利特（René Magritte，1898—1967）的作品《爱人》（*The Lovers*）那样，将一个吻画得如此隐晦、暧昧且意味深长。

说得不客气一些，这位比利时超现实主义画家最擅长故弄玄虚了。1927 年至 1928 年间，他完成了两幅以“爱人”为名的油画作品，一幅呈现男女二人并肩的情景，另一幅则描绘了一个吻。这场拥吻在一处半封闭的角落里进行，很有些小心翼翼，远不及克里姆特画作中恋人那般忘情与洒脱。画中，男人身着西装，系领带，女人着裙，露出一截肩膀。最引人浮想的地方，在于二人的头上均裹缠着白布。而且，这白布也不像克里姆特画中布幔那样柔软且富有生趣，而是冰冷生硬地将画中的两个脑袋紧紧包裹，给人以窒息与压抑的观感。

虽然马格利特不喜欢观者解读或阐释他的作品，但他自己在生前也从未向外人解释为何要在这对恋人头上缠绕白布，所以我们只能猜测。或许，画家为了遵照超现实主义的创作逻辑，有意将那白布想象成伪装的面具；或许，他因为小时候目睹身穿白色睡衣的母亲跳河自尽，自此留下心理阴影；又或者，他只是听到“爱是盲目的”这一长久流传的“金句”后，格外能产生共鸣罢了。

其实，我更愿意从直接的观感层面来看待这幅作品，而非动辄上升至心理学或哲学的领域探讨追问。《爱人》中的那个吻，与克里姆特等画家笔下的吻之所以不同，是因为它并未落在实处。没有唇对唇，没有面贴面，一切的肌肤相亲都被冰冷的布料硬生生地隔开。这不禁让人想到泰戈尔的诗句：“世界上最遥远的距离不是生与死，而是我就站在你面前，你却不知道我爱你。”用马格利特的《爱人》来解释“咫尺天涯”这个词，应该再合适不过了。

如果说克里姆特的《吻》缠绕着赤裸且毫不避讳的肉欲，马格利特的《爱人》神秘而高冷，那么，夏加尔（Marc Chagall，1887—1985）描摹恋人之吻的作品《生日》，则看上去真纯简单得多，像是从童话故事中走出来，不沾一丝俗气与烟火气。

夏加尔出生在白俄罗斯的一个信仰犹太教的家庭，小时候见过不少村子里的有趣人事，包括小提琴家、铁匠和扛着镰刀的农夫等。他作品中常见的意象如驴子、屋顶小提琴手和恋爱中的男女等，均是从童年时候日日眼见的风景中得来。这位犹太裔的俄罗斯画家曾在巴黎住过很长一段时间，深受彼时“巴黎画派”诸人影响，也从立体主义、象征主义和野兽派那里汲取了不少灵感。与克里姆特相仿，他的作品多用拼贴手法，兼具象征及神秘意味，同时又奔放浪漫，摒弃了透视法和写实技巧的固限，着意呈现人的情绪与梦境。于是，在他创作于1915年的作品《生日》（*The Birthday*）中，我们见到一对恋人飘浮在空中，忘情亲吻。画中这对恋人，正是新婚不久的夏加尔与妻子贝拉。

在夏加尔二十八岁生日那天，贝拉手持花束步入丈夫的画

夏加尔《生日》

Chagall, Marc (1887—1985): *Birthday*, 1915. New York, Museum of Modern Art (MoMA). Oil on cardboard, 80.6 × 99.7cm. Acquired through the Lillie P. Bliss Bequest. Acc. no.:275.1949. © 2016. Digital image, The Museum of Modern Art, New York/Scala, Florence

室。画家见到妻子，喜悦不已，忍不住亲吻她，并将这一甜蜜场景以某种超现实的手法定格在画布上。画中人物样貌轻盈生动，悬浮在空中，宛若梦境。男子在女子上方，闭着眼，扭头向下亲吻女子，似乎很享受那个吻；女子则睁着眼睛，像是被突如其来的浪漫震住，很有些手足无措的娇羞。正如夏加尔本人所说的那样，他作画时并不刻意还原实物，而是将情绪与心境等虚渺无实体的意念，涂抹在画布上。

这种乌托邦式的呈现，滤去俗世烦恼，滤去克里姆特式欲念的纠葛，也没有马格利特作品中的清冷甚至怨念，只剩下纯粹、真挚与善。夏加尔终其一生，在犹太传统和童年回忆中汲取灵感，将这些记忆中甜蜜或哀愁的段落，以超乎常情的真纯拼贴叠加在一起。你知道吗，在他的家乡，阿什肯纳兹犹太人常用的意绪第语中，当人们说“我的身体倒转过来”时，其实想说的是“我深深地被你感动”。

# 胖妞在画中

不知道从什么时候起，“胖”与“美”被人为区隔开了，甚至有些水火不容的味道。身形壮硕些的女子，必须要懂得自嘲，洒脱一些，幽默细胞多一些，才能在“越瘦越美好”或“活着就要瘦”等大众审美的标准底下，活得不那么战战兢兢。

时间倒退回去几百年，在唐代及宋代画家笔下，美女分明是面如满月且体态丰腴的模样。唐明皇曾为了一位肤若凝脂、身

周昉《簪花仕女图》

唐寅《红叶题诗仕女图》（局部）

形微胖的杨玉环，连朝政都不理，可见在唐人眼里，上至宫廷下至民间，丰腴无骨、娇喘含羞的女子才是最动人。唐代画家周昉创作于八世纪末至九世纪初的《簪花仕女图》中，那六位着装美艳的女子虽说姿态及神情各异，却无一例外都是身形丰满的：圆面，朱唇，细眉细眼，肩部线条饱满流畅，十根手指肉厚而不见骨。到了明代画家唐寅（1470—1524）笔下，女子身形虽纤瘦不少，面部仍浑圆，与今人崇尚的“巴掌脸”和“尖下巴”等美人特质相去甚远。他的那幅《红叶题诗仕女图》，以工笔重彩写成，还特意用“三白法”（传统仕女图着色法，近似于描画京剧中的脸谱）描摹女子面部，愈发显得那面孔雪白且圆润。不过，我身边的女孩子若碰巧生着这样的脸孔，大多不以为美，而时时以“大饼脸”这样的说法自嘲自讽呢。

不单中国古代画家热衷将女子描摹得体态丰盈，百多年前的欧洲画家，比如鲁本斯和提香（Titian，1488—1576）等，对于丰腴之美也有自己独到的体会。提香的名作《乌尔比诺的维纳斯》中，爱与美的女神维纳斯全身赤裸，双腿及双臂丰腴饱满。画中维纳斯与画外观者四目相对，神情愉悦安宁，丝毫不觉羞赧，似乎对自己的胴体之美颇为自得。鲁本斯更不必说。他的那些关乎历史及神话题材的大型油画作品中，但凡出现女子，必是丰腴紧实甚至通体赤裸的样貌。

鲁本斯生于十六世纪末的弗兰德斯，在他生活的年代，繁盛数百年的文艺复兴思潮已接近尾声。众多艺术家渐渐不再满足于理性与平衡的美学，希望在作品中呈现出某种夸张、戏剧化乃至极度煽情的视觉效果，巴洛克艺术因之兴起。喜欢呈现血腥及残暴场景的卡拉瓦乔以及迷恋于描摹丰腴肉体的鲁本斯，都是这一流派的代表人物。

像那个年代许多弗兰德斯画家一样，鲁本斯创作时多以宗教、神话及历史题材为主，偏爱宏大且充满动感、扭曲及拉扯的场景。画家对于情色与暴力等元素十分偏爱，每每借助运动着的、紧张刺激的场面，将那些美、残酷及罪愆等淋漓呈现出来。我们且以鲁本斯创作于1617年的名画《劫夺留西帕斯的女儿》（*The Rape of the Daughters of Leucippus*）为例。该作品取材自希腊神

鲁本斯《劫夺留西帕斯的女儿》

话，讲述宙斯与丽达的两个儿子试图将迈锡尼国王的两位女儿抢走的故事。画中角色众多，两女、两男、一匹马，还有一位小天使。如何在有限的空间中排布众多角色，并依靠角色之间的互动营造动感刺激的氛围，颇考验画家功力。

鲁本斯很聪明，他选取“抢夺”这一关键词，将画中男子从飞奔马匹上俯下身来掠走公主的瞬间定格在画布上。他特意将公主画成丰满赤裸的样子，一来因为在鲁本斯眼中，女性丰腴的肉体正是艺术美之典范，二来是希望透过刚猛（男性）与丰腴（女性）这两种性别特质之间的差异与张力，突出场面的暴力与刺激，达至戏剧化的抒情效果。以赤裸身体的碰撞及拉扯凸显色欲（eroticism）及暴力（violence），是鲁本斯的看家本领，不单《劫夺》一画如此，还有《猎河马及鳄鱼》《维纳斯与阿多尼斯》等作品亦如此，只不过抒情及戏剧化的程度有深有浅罢了。

同样是描摹胖女人，中国古代画家往往将那玉臂、双乳以及浑圆的大腿以衣衫遮去大半，讲究半遮半掩，欲迎还拒，予观者想象空间。鲁本斯等人却不想这样含蓄，他对于丰腴女子体态的呈现通常是直白、张扬甚至炽烈的，一哄而上、喧嚣纷扰，常常让观者透不过气来。当含蓄与外露、内敛与热烈两相对照，也在一定程度上体现出东方与西方绘画在表意及抒情上的差异所在。尽管差异明显，但不论周昉、唐寅抑或鲁本斯，他们描画丰腴女子的用意总是相对单纯，只为呈现女性身姿及情态之美。相较而言，哥伦比亚当代艺术家波特罗（Fernando Botero，1932—）在绘画与雕塑作品中描摹胖女人时，则通常用上“言在此而意在彼”的手法，为“肥胖”二字开掘出一些新鲜且深刻的意涵。

回溯波特罗过往五十多年的艺术生涯，胖女人几乎成为他创作的代名词。这位生于哥伦比亚、如今定居巴黎的拉美当代艺术家，并非为了画胖女人而画胖女人，而是试图借由画中以及雕塑作品中那些肥硕臃肿的女性形象，表达自己对哥伦比亚乃至拉丁美洲政经及文化景况的认知与思考。

1932年，波特罗生于哥伦比亚第二大城市梅特林。二十世纪二十年代末及二十世纪三十年代初出生的哥伦比亚艺术家，比如波特罗以及《百年孤独》的作者马尔克斯等，从他们的父辈那里听说了二十世纪初哥伦比亚境内的血腥内战，自身则亲历了政治动荡且叛乱不断的国民阵线政府时期。二十世纪五十年代初，波特罗离开哥伦比亚，先是去马德里，又赴巴黎，一半为逃离困窘时局，另一半也是希望去到当代艺术活跃的欧洲，为自己的创作添多一些养分。

在巴黎的时候，波特罗时常在卢浮宫临摹文艺复兴名作。如今，我们在他创作的那些肥胖女子雕像及画作中，仍能见到效仿文艺复兴经典作品的痕迹。比如他十多年前完成的青铜雕像《坐着的女人》，女子左手放在脑后，右臂环绕身前，双目低垂，有些娇羞又有些自恋，让人想到米开朗基罗与切利尼（Benvenuto Cellini，1500—1571）等人的雪花石膏塑像。

波特罗临摹古典大师名作，却并不拘泥于仿效。他借鉴文艺复兴时期雕塑及肖像画样式，再将自己对当下社会的观察及理解糅入其中，以打破古典美学和谐典雅的常规样态。在《坐着的女人》等系列雕塑中，古典式的理性平和气质被消解，取而代之的是夸张做作的姿态及表情。而恶搞达·芬奇名作《蒙娜丽莎》的画作中，原作中丰腴匀称的女子被头部硕大、脖子粗且双下巴的胖女人取代。以上种种恣意的夸张，即是艺术家本人创作风格的直白呈现，也能看出他对既定审美程式的反抗与挑战。除女子肖像外，波特罗画中的其他物件，比如水果和乐器等，也总是臃肿且肥硕。他并非有意调侃肥胖身形的女子，而是希望透过描摹“胖”这一样态，讽刺哥伦比亚臃肿、滞胀、充满暴力与哀伤的社会现状。在一个言论并不那么自由的社会中，波特罗的反讽以及黑色幽默笔法相比直白的诘问与抗争，反倒更显得意味深长。

艺术家们固然生活在不同年代，经历不同的社会及文化情境，却每每视胖女人为缪斯，将丰腴饱满的身体当作美与灵感的来源。若我们不再窄化美的定义，我们便会发觉，人的身体不论胖瘦高矮，都值得用心欣赏。

# 女画家的自恋与自嘲

女孩子学艺术，在如今是稀松平常的事情。现在大学艺术系的女孩子，人数上甚至多过男孩。然而，时间倒回数百年前，不论文艺复兴时期，抑或巴洛克与浪漫主义的年代，有作品流传后世的女画家可谓寥寥。那个年代的女子，要么相夫教子，要么晴耕雨织，哪有时间操心颜料与画布？不过，总有些特立独行的“女汉子”，不畏惧挑战俗世眼光，在那个男权主导的年代，勇敢活出自己喜欢的样子。还记得电影《丹麦女孩》中女主角吉尔达对她的男模特说过的那句话吗？“从来都是你们男人的目光落在我们女人身上，而当我画画的时候，我可以注视你们的身体和你们的表情，这对我来说是一件非常满足的事情。”

不知是否因为旧时候画画的女子通常模样甜美且身形曼妙，她们中的一些人绘制的自画像流传至今。后世观众得以了解当年女画家的衣着和仪态，以及她们工作室的布局与装潢。最早创作自画像的女画家，要属荷兰人卡特里娜（Caterina van Hemessen，1528—1587）。这位活跃在文艺复兴时期荷兰画坛的女画家，在1548年为自己创作了一幅肖像。这幅画的重要性在于，在那之

卡特里娜《自画像》

前，从没有艺术家（不论男女），画过自己工作时的模样。

画中的卡特里娜，右手执画笔，左手托调色板，正在画布前创作。她画中的女子时常佩戴头巾，画家本人也不例外。白色头巾与画家身上的黑色马甲与棕红色长袖衫形成鲜明的视觉对照，以至于观者的注意力更容易被画中人吸引。画中卡特里娜头略略向左偏，望向画框外，却并不与观者有任何目光上的交流。她的眼神与神态俱安宁，兀自沉浸在创作时孤独却惬意的心境中。

这位荷兰女画家虽说流传至今的作品不过十幅，但在当时，她可是低地国家（欧洲西北沿海地区荷兰、比利时及卢森堡等国的统称）数一数二的画家，由荷兰地区统治者玛丽女王赞助，一生衣食无忧。她的作品以女子肖像画居多，画中人通常微微低头，表情沉静，克制且内敛，像是故意与观者隔开距离一般。这种有意或无意拒斥亲昵的做法，是当时肖像画创作相当普遍的现象。那时候的画家通常由贵族供养，较少机会接触社会底层，不用为面包钱发愁，难怪画中人总是一副不食人间烟火的模样呢。

卡特里娜之后，又有西班牙女画家安圭索拉（Sofonisba Anguissola，1532—1625）与擅长绘制肖像作品的法国女画家阿德莱德（Adelaide Labille-Guiard，1749—1803）将自己工作时的样子呈现在画布上。安圭索拉比卡特里娜略晚几年出世，活跃在文艺复兴末期，是矫饰主义（mannerism）画风的践行者。她虽说生于意大利，却有二十多年生活在西班牙，是西班牙国王的宫廷画家，推动意大利绘画风格流入西班牙。

安圭索拉生活的年代，文艺复兴思潮已渐趋没落。一场声势浩大的战争席卷罗马之后，文艺复兴年代所提倡的理性、平衡与和谐种种理念随之崩塌。矫饰主义于是出现，艺术家开始在创作中追逐夸张、戏剧化以及不平衡的艺术表达。在安圭索拉这幅自画像中，我们能或多或少见出矫饰主义的影响。画中的艺术家与卡特里娜自画像的姿态相仿，都是侧身而坐，头偏向左侧。不同的是，卡特里娜画中的女子无意与观者交流，而画中的安圭索拉目光直直望住正在看画的你我，甚至有些挑逗的意味。而画中人正在创作的一幅圣母与圣子的肖像作品，不论用色、构图抑或人

安圭索拉《自画像》（*Self-Portrait*）

物神情姿态都极富戏剧感，多了些赤裸且直白的亲昵，少了理性与平和的味道。这正是矫饰主义画家的特点所在。

如果说卡特里娜和安圭索拉在自画像中的着装尚且称得上朴素低调，法国女画家阿德莱德画中的自己，则锦衣华服，面色红润，嘴角微微上扬，俨然养尊处优的贵妇人一般。不单画家本人，就连站在她身后学画的两位女学生，用今天的话说，也都称得上时尚达人。三人的穿着可谓极尽华美之能事，蕾丝长裙啊、装饰有缎带的帽子啊、小巧的尖头鞋啊，这哪里是在工作，分明是在拍写真集呢。

在今人看来，阿德莱德这种创作自画像的手法，很有些自恋的意味。但将这张画放在当时社会文化与艺术的情景中看，却并无违和感。要知道，阿德莱德活跃在十八世纪下半叶，当时的欧洲画坛虽说已见到新古典主义渐趋繁盛，却依旧由洛可可（Rococo）艺术占据主导。崇尚洛可可风格的艺术家从来不会抗拒奢华与浮夸，反倒乐意以极细致的笔法与极夸张的用色，将那些如幻梦般转瞬即逝的欲望涂抹在画布上，与当时浮躁、夸张与

蠢蠢欲动的社会风气亦暗暗相合。

与其说阿德莱德自恋，倒不如说她自信更合适些。那个年代的女画家本就少，像她这样才貌双全又获得业界认可的女画家更是少之又少。她出生相对富裕的家庭，初入画坛时已在当时巴黎久负盛名的圣卢克学院展出作品，后来又成为法国皇室公主的御用画家，一生衣食无忧。出现在阿德莱德自画像中的其中一位女学生，在 1808 年创作了一幅名为《文森特夫人画室》的作品。画中，围绕在文森特夫人（阿德莱德离婚后嫁给自己的绘画老师文森特，从夫姓）周围观摩她作画的，大多是衣着考究的男子，这在当时男尊女卑的社会中，是相当稀罕的事情。

像阿德莱德这样的画家，出身好，有天分，一生顺遂，想不自信都难。而另一位同样乐意创作自画像的女画家弗里达（Frida Kahlo，1907—1954），则显然不如这位法国姑娘幸运。1925 年，正是花季年龄的弗里达遭遇一场严重车祸，多处骨折，数月卧床，凭靠顽强坚韧的精神支撑，才逐渐康复起来。躺在床上百无聊赖的时候，她开始画画，自我表达也好，缓解病痛也罢，总之，让自己忙起来活跃起来，便也不那么容易自怜自伤了。

当我读过一些发生在弗里达身上的逸事或传闻后，我渐渐明白，为何这位墨西哥女画家在自画像中，永远是一副冷冰冰的、横眉冷对的模样。她的性格极端古怪，时而炽烈，时而冷漠，时而做出一些挑逗式的举动，生怕被身边人冷落或忽视。正如她在自画像中呈现出的样貌，一张严肃的扑克脸，两道厚重如铁线的眉毛，眉眼嘴角间，透出冷眼旁观式的嘲弄以及事不关己的冷漠。

弗里达酗酒，爱讲黄段子，私生活极度混乱。童年生活的阴影以及车祸留下的后遗症，使得这位女画家注定会以极度悲观的态度对待这个世界，用纵欲和狂欢等纾解压抑与愤懑。不论对于自己抑或对于生活，她总是一副嘲弄的态度。你可以说她像个不谙世事的孩子，也可以说她是参透纷纭的智者，不管怎样，你会爱上她，因为她睥睨不拘的神情举止，是很多人藏在心里的秘密，从不敢轻易示人。没有人公然站出来与优雅、与规矩为敌，除了弗里达。

自嘲也好，自我欣赏也罢，这些特立独行的女画家无疑是勇敢追求理想与自由的一群人。在那个男权至上的时代，像她们一样遵从己心，不为身边喧嚣左右，从来都不是一件容易的事情。

# 不如跳舞

我很喜欢韩剧《请回答 1988》中的女主角德善，不单因为她的善良坦率，因为她总是可以将一件“奶奶牌”高领毛衣穿出活力又青春的少女感，还因为她的舞姿。剧中的德善几乎没有舞蹈天赋，笨拙的舞姿时常被邻居家男孩子嫌弃，但她才不在乎呢，兴致来了就跳，自己开心就好。

每每见到德善手舞足蹈的开心样子，我总会想到马蒂斯那幅名为《舞蹈》的画作。该画创作于 1910 年，属马蒂斯成熟时期的作品。画中五位女子周身涂满红色油彩，赤身裸体，手牵手呈圆环形，兀自沉浸在舞蹈带来的刺激与欢快中。这幅作品由马蒂斯的艺术赞助人、俄罗斯收藏家史屈金委约，在巴黎首度公开展览时却受到众多质疑与批评。不少人认为这幅用色与构图俱简单的画作幼稚、粗俗、难登大雅之堂，只有马蒂斯好友、艺术评论人阿波利奈尔看出了画中炽烈而纯粹的美感。

称其纯粹，因马蒂斯创作此画时仅仅用了红、绿及蓝三种颜色，且均以大而饱满的色块呈现，较少细笔勾勒。绿色代表大地，蓝色代表天空，红色象征人的激情与活力，简明扼要，直白坦率。这样奔放甚至任性的姿态，与马蒂斯推崇的野兽派（Fauvism）风格异常契合，而且与原始主义崇尚的素朴、率真且亲近大自然的味道亦两相应和。据说马蒂斯创作这幅画的时候，受到某次在沙滩上见到的圆圈舞“沙达那”启发，而《舞蹈》一作的构图也明显受到英国画家威廉·布莱克相似题材画作的影响。

布莱克是英国浪漫主义时期最重要的诗人及画家之一。这位特立独行的英国艺术家生前从未获得艺评人与公众肯定，去世后却名声骤起。他那些古怪、夸张且动辄晦暗的作品在当时并不为人看好，数十年乃至上百年过去，竟成为神秘主义的某种征象。启发马蒂斯创作《舞蹈》一画的作品，是布莱克完成于1786年的那幅《奥伯龙、泰坦尼亚、小精灵与仙女的舞蹈》（*Oberon Titania and Puck with Dancing Fairies*）。作品取材自莎士比亚剧作《仲夏夜之梦》，描摹夜晚发生在丛林中的欢闹场景。画中五位仙女手牵手围成圆环起舞，纱裙翩飞，配合舞者的表情与姿态，愈发显得画面富于韵律及动感。站在一旁观看的仙王奥伯龙及仙后泰

布莱克《奥伯龙、泰坦尼亚、小精灵与仙女的舞蹈》

坦尼亚，眼见星空下密林中这一欢愉自在的景象，也忍不住面露喜色。马蒂斯与布莱克的两幅作品虽说都以舞蹈为题，构图也相当近似，但前者意欲强调画中舞者蓬勃而热烈的生命力，后者更显得轻巧雅致些，宛若缥缈迷离的一场清梦。

舞蹈出现在画中，有时为渲染气氛，是美与善的载体，有时也具备更实用一些的功能。透过画中人的舞蹈，后世爱艺术的你我不单能由此了解舞者的技法与身姿，对于当时的艺文风潮及社会景状也有了相当程度的认知。这样说起来，画中的舞蹈不只为呈现美，也有民俗与人文层面的指涉呢。荷兰裔法国画家范莫尔（Jean Baptiste Vanmour，1671—1737）的作品即是一例。他擅长创作民俗画，受当时的使节及外交官委约，大量描摹奥斯曼土耳其帝国的自然及人文景象。

或许你会问，一位出生在荷兰的画家，为何频繁创作与伊斯兰文明有关的作品呢？原来范莫尔活跃的年代，正是奥斯曼土耳其帝国的鼎盛时期。自从 1453 年君士坦丁堡陷落，奥斯曼帝国取代拜占庭帝国成为欧洲霸主之后，这一发源于现今土耳其地区的帝国不断扩张领土，攻陷匈牙利和希腊，与西班牙及葡萄牙等南欧国家抢夺制海权，还曾与北部的荷兰、法国和英格兰等缔结同盟。范莫尔当年之所以可以在荷兰、法国以及奥斯曼帝国之间自在往返，接受不同地区的君主及贵族等委约，亦受惠于当时邻国间的外交政策。1712 年，奥斯曼帝国在第三次俄土战争中取得胜利，加之当时的皇帝苏丹艾哈迈德三世推行改革，境内太平，治下清明，当时的民众得以享有一段相对安宁平和的时日。

1720 年前后，范莫尔开始创作一幅名为《希腊男女在舞蹈》（*Greek Men and Women Dancing*）的油画。画作分为近景、中景以及远景三个层次，描画身着伊斯兰服饰的男女在密林中舞蹈的场景。近景和中景是大片的树林以及林间舞蹈的男女，远景有山、有云以及半块天空，其笔法及设色与十七世纪古典主义画派普桑等人相若。舞者手牵手排成直线或半月形，跳的是希腊土风舞。这种链状舞蹈通常出现在祭祀或庆典场合，对于步点与节拍都有要求，对舞者之间的互动也是不小的考验，舞蹈的众人恐怕不能像马蒂斯画中那样奔放不羁了。说来有趣，画中众人身着传统伊

范莫尔《希腊男女在舞蹈》

斯兰服饰，头戴圆帽，跳的却是希腊土风舞，一个看似寻常的舞蹈场景，放大来说，竟体现出彼时奥斯曼帝国统治时期东西文化的混融景象。

说到民俗舞，另一位画家不得不提，那便是文艺复兴时期的荷兰人老勃鲁盖尔。除去若干宗教画作之外，这位荷兰画家将大部分心力用来描画尼德兰地区乡村生活的风景。婚礼、冬日狩猎，以及田间地头的孩童游戏，这些再平常不过的乡村生活景象时常成为画家的灵感来源，无怪有人称他为“农民勃鲁盖尔”呢。1566 年，这位“农民画家”创作了一幅名为《婚礼之舞》(*The Wedding Dance*) 的作品。画家将场景设定在茅屋旁的树林中，数十位农夫农妇在林间空地上集聚，为庆贺乡邻的一场婚礼。老勃鲁盖尔并无意为这样众乐乐的场景精心设计构图，因此整件作品乍看上去几乎无甚章法可言。不过，这种拥挤喧闹的样貌正是画家想要达到的效果，恐怕再没有什么比人头攒动与嘈杂热闹更符合一场乡间婚礼的气质了。

画幅远景处，乡邻三两成群，聚在一起聊天；近景中则大多

老勃鲁盖尔《婚礼之舞》

是一对对男女，手牵手欢快起舞。相比范莫尔画中希腊土风舞的端庄与克制，荷兰乡间传统的双人舞从来不端着架子，也不太计较节拍与步点，甚至连舞者的身姿好看动人与否都不甚介意。舞者与身旁的观者并非想借由这样的民俗舞蹈表达多高妙的艺术理想或多深沉的所思所悟，他们只是兴之所及自娱自乐罢了。你看那画中舞者的身旁，有一对男女相拥，正旁若无人地接吻，可见当时且歌且舞的气氛该是怎样的醉人又煽情。隔着数百年时光的我们，站在画布前，眼见当年乡村男女无所顾忌地舞蹈与肆无忌惮地“秀恩爱”，竟也忍不住会心微笑，寻思着今晚去哪里找个酒吧畅快一夜该多好呢。都说舞蹈和音乐是普世的语言，这话真真不假。

# 画中看书人

对我来说，阅读是自小养成的习惯。夏天放学后的巴士上，周末的早餐桌前抑或搭乘长途飞机的某个深夜，我总喜欢拿起书来看，看着看着，对于时间和空间的感知都模糊起来，周遭的人事与风景也像是不存在了一般。这种入神的状态，想必每个爱书人都曾遇见。我们被书中文字牵引，暂时逃离纷乱细琐的生活，跟随书中主人公一道经历苦乐、离奇与曲折，宛若一场不知因何而起也不知向何而终的白日梦。过往数百年的欧洲画家们，从文艺复兴到浪漫主义再到现代派，也时常将看书人当作绘画的主题，不晓得那些画画的人究竟是爱读书呢，还是爱做梦。

基督教的世界中，向来不乏天神或凡人读经与祈祷的场景，圣哲罗姆便是其中一位。这位以研究《圣经》和注释经文著称的学者不单爱看书，也雅好藏书，曾建立过一间颇具规模的私人图书馆。在意大利画家卡拉瓦乔创作于十七世纪初的那幅《正在书写的圣哲罗姆》(*Saint Jerome Writing*) 中，这位古代圣人被描画成一位睿智老者，须发皆白，随意将一件红色长袍披在身上，伏在朴素的木桌前，兀自沉浸在读解经书的状态中，全然不理会周遭。

在卡拉瓦乔那些动辄突出暴力血腥场景的画作中，这幅作品显得异常安静，可见阅读之于画中人抑或观画者，都称得上是一场静观己心的修行。

除去像圣哲罗姆和圣奥古斯丁这样研究学问的哲人之外，《圣经》中有一位读书人也曾给我留下深刻印象，那便是耶稣的使徒抹大拉。根据《圣经》记载，这位虔诚的女子自从被耶稣治愈疾病以后，便一直追随恩人，是耶稣受刑与复活的见证者。抹大拉出现在文艺复兴乃至更早时期宗教画中的时候，不外乎两种情形：要么神情痛苦，在濒死的耶稣与哀伤的圣母身旁；要么一人独坐，陷入对自身命途的沉思中。当画家描画后一种场景的时候，他们时常在抹大拉身旁摆放两件物品——象征时间流逝的骷髅头以及经书。两样物件都是严肃的，甚至摆出一副板起面孔说教的样子，以凸显抹大拉面对未知事物时的虔诚与敬畏。

文艺复兴早期的尼德兰画家范德韦顿（Rogier van der Weyden，1400—1464）曾创作一幅画，取名《正在阅读的抹大拉》（*The Magdalen Reading*）。这原本是范德韦顿在 1435 年前后创作的一

卡拉瓦乔《正在书写的圣哲罗姆》

幅大型祭坛画（那时候艺术家的作品十有八九与宗教题材相关），后来历经动荡与战乱，原画已不可寻，只余下几块碎片。其中一块碎片上有一位身着草绿色长裙的女子，裹白色头巾，席地而坐，双目低垂，正在阅读手中那本装潢考究的书，神情专注。我们透过女子手中的祈祷日课书以及她身前盛放香膏的玉瓶，猜想她便是虔诚的使徒抹大拉。范德韦顿承袭了北方文艺复兴画派的传统，对于人物表情、姿态以及相关物件细部的描摹均精致考究。用这样克制谨严的笔法，呈现正在阅读自省的使徒形象，确也是再合适不过的做法。

法国巴洛克时期画家拉图尔（Georges de la Tour,1593—1652）在《油灯前的抹大拉》（*The Magdalen with the Smoking Flame*）中，也将三两本厚重经书堆放在画中女主角倚靠的木桌上。书是合起来的，在桌上烛光的映衬之下，格外有一种安宁乃至神圣的意味。抹大拉一手托腮，另一只手抚摸膝上象征时间流逝的骷髅头，望着眼前的烛火，陷入沉思中，想来是从那桌上的经书中读到了一些足以滋养生命的启示。有时候，阅读并不仅仅是看懂或理解书

范德韦顿《正在阅读的抹大拉》

页上的文字那么简单，还包含了阅读前的摒除杂念与静心，以及阅读后的反刍及思考。对于拉图尔和范德韦顿等画家来说，阅读通常与自省和沉思这类向内的、安静的状态联系在一起，因此他们在描摹读书人的时候，用笔均相当克制，略去一切夸张、煽情与不自然的成分。在这重私密空间中，画中人不问是非，独与天地精神往来，倒也逍遥惬意。

对于另一些画家而言，阅读远不像上述画作中描摹的那样深沉脱俗，或许只是茶余饭后的消遣，又或者闲暇时的小乐趣。因此，这些画家笔下的读书人，姿态与表情都不拘束，或躺或卧，看得累了干脆伏在桌上打起盹来，时常引得看画人会心一笑。如果说拉图尔等画家作品中的圣人与使徒在面对字纸时表现出宛若面见师长的敬畏，在画家热鲁兹（Jean-Baptiste Greuze，1725—1805）和毕加索等人笔下，读书人对待书本的态度与面对朋友和恋人时的态度更近似些，总是亲昵而友善的，偶尔撒撒娇或使个小性子都不觉腻烦，只觉甜蜜。

热鲁兹是活跃在十八世纪的法国画家，擅长肖像画与历史

拉图尔《油灯前的抹大拉》

题材的作品。洛可可风格在他的年代异常盛行，故而其作品中的人物着装总是纤巧华丽，即便是洗衣妇人也是眼神灵巧、白净温柔，并不是粗手笨脚的模样。热鲁兹前半生顺遂，办了很多展览，收到很多好评，也赚了不少钱。1750 年至 1770 年这二十年是他事业上最辉煌的一段时日，那时候他画中的人物总是一副气定神闲的模样，男女老小的一颦一笑间都透着又萌又可爱的气质，比如《睡梦中的男学童》(*Le Petit Paresseux*)。

这幅创作于 1755 年的肖像画中，有一位趴在书桌上睡得正酣的小男孩。男孩将脑袋枕在右臂上，右手压住一本摊开的书，像是读书的时候困劲上来睡着了。画家描摹阅读场景的时候，大多乐意凸显读书人的用心及投入，试图将人与书的关系调和得积极且美好。热鲁兹偏偏不循常理，选取这个多少有些尴尬的场景，似在告诉你我：人与书的互动并不是一味美好的，偶尔出现的互不理解乃至互相排斥的状态，反而令阅读这件事看起来更为立体，也多了一些亲昵而谐趣的意味。

热鲁兹似乎很喜欢将阅读描摹为一件颇富生趣及幽默感的

热鲁兹《睡梦中的男学童》

事情。一个人读书，累了便发发呆或打个盹；一群人读书，开开小差也是常有的事。他那幅创作于十八世纪五十年代的《阅读圣经》中，老人、小孩及妇女围坐在中年男人身旁，听他一字一句解读经文。读经人虽然严肃认真，听经人却不那么配合，有的单手支颐不知在想些什么，有些则干脆与桌底的小狗玩闹起来。与拉图尔画中抹大拉面对《圣经》时的敬畏与小心翼翼比起来，《阅读圣经》宛若午后游戏一般自在又随性。《圣经》在这幅画中，也几乎消解了原本宗教语境中的肃穆意味，与普通的餐桌读物并无二致。这种带些烟火气的亲切，在毕加索那幅《卧读女人》（*Reclining Woman Reading*）中也能找到。我们甚至不知道画中女子阅读的究竟是小说还是经文，只见身着紫色衣衫的女子侧卧在一张红色床铺上，双手托腮，有些漫不经心地望着摊在床上的书本。在毕加索笔下，这幅与阅读有关的画作变得极富挑逗性，观者的目光总免不了从那灰蒙蒙的书本上移开，投向女子丰满的双胸与红唇。

中国古代有一首《劝学诗》，其中那两句“书中自有黄金屋”

和“书中自有颜如玉”不知鼓励了多少读书人寒窗苦读，悬梁刺股。其实，阅读的目的和内容不同，方法与姿态也必然多样。面对经典的时候，试图从经典中寻得通达途径及人生智慧的时候，我们理应抱持严谨且尊崇的态度；而阅读相对通俗易懂的作品时，在相对惬意的场景中，态度放松随性些，也没什么不好。

# 画中音乐家

王维有诗："独坐幽篁里，弹琴复长啸。"在中国古代文人心目中，音乐与诗词从来关联甚密。画家中亦不乏弄琴爱乐者，由宋及元再及清，为数众多的画作以"听琴"、"弹琴"或"会琴"为名，可见在那个时候，三两好友相聚，午后或月下抚琴弹唱，是多么清雅精致的事情。

中国古画中时常出现琵琶、阮和箫等乐器，更多的是古琴。画中人要么学王维，于深林中独坐，自弹自娱；要么数人相约，有人弹奏有人静心聆听。不管怎样，因了乐器的出现，那些描摹演奏或聆听音乐的作品，每每显出宁静淡泊之感。宋徽宗赵佶（1085—1135）的《听琴图》便是一例。

人人都知道赵佶除了皇帝当得不好，琴棋书画样样皆精。他在宫中成立翰林书画院，主持编撰《宣和画谱》，自创瘦金字体，亦擅长工笔花鸟画作。《听琴图》描摹赵佶本人在树下抚琴的情形，构图简洁，唯四人、一树与一琴而已。赵佶位于画幅中间偏右，着褐色长衫，身前一把古琴，身后是一棵数人高的青松。画幅前景处，有两位官员模样的人一左一右分坐两侧。

赵佶《听琴图》

左边着青衫的臣子仰面，右边着红衫的臣子低首，两人神情俱专注，沉浸在乐音中。观画人虽听不见画中琴音，单凭画中人姿态及神情种种，已能感受到琴音安闲从容之美，有“此时无声胜有声”之妙。抚琴人身后的高树与身前的奇石及盆景都是传统文人画中常见的意象，物件与人物两相对照，于是整幅画看上去格外平和安宁。

有人说这画尽管有徽宗落款又有蔡京题诗，却并非赵佶亲笔，而由宣和画院画家代笔。不论如何，这件描摹奏乐场景的作品既不乏宫廷画的考究与细腻，也能体现出中国传统文人画对于雅人及雅乐的推重，较之古画中常见的一人一琴景象，添多一重“听与被听”或“看与被看”的关联，画面内容愈发显得丰富。

说到一人一琴的画作，便不得不提夏圭（1195—1224）的《临流抚琴图》。这位南宋画家生于钱塘，自幼伴水而居，其画作不时描摹山水，尤重墨色淋漓，气韵生动。夏圭常被人称作“夏半边”，因他常常为画幅留白，对于画面结构与画中意象的排布颇有一番心得。也因此，他的作品看起来总是浓淡相宜、不急不

夏圭《临流抚琴图》

缓的，很有些淡定从容的气质。《临流抚琴图》画在扇面上，描画一高士独坐水边抚琴。画作延续夏圭的“半边式”构图，人、树与半间茅屋集中在画幅右下方，左上方大片留白，半虚半实，更显得意境深远清幽。高士临水弹琴，琴声、水声和松涛声高低起落，倒也颇符合东方哲思中人与自然和谐互动的理想情景。

在中国古画中，人们弹琴或听琴通常要打扮成不食人间烟火的雅士模样，与山水相伴，身在清静自然中。演奏是私密的，是自己与自己的对话，或者三两好友小聚，一弦一柱思华年，无须多言即可心领神会。在这样的情景中，音乐人是求静求平稳的，不期待音色有多动人或技巧有多卓著，只要一份自省之乐或伯牙子期的相知之喜。不过，在旧时候欧洲画家笔下，奏乐场景则通常显得更加热闹缤纷一些，更有贴近地面的俗世情味。

洪特霍斯特（Gerard van Honthorst，1592—1656）是荷兰绘画黄金年代最出色的肖像画家之一，其作品中相当一部分人物的身份是音乐家，有鲁特琴演奏者，有女吉他手，还有弹竖琴的大卫王。画中男女虽说手持乐器，却不严肃也不拘束，有的端一杯酒，有的正在玩猜拳游戏，与你我惯常印象中的音乐家形象有相当显著的分别。

洪特霍斯特此举，深受卡拉瓦乔影响。1616年前后，他到访罗马，亲眼见到卡拉瓦乔画作，深感震撼。回乡后，他依照卡氏作品创作若干肖像画，与特布鲁根（Hendrick ter Brugghen，1588—1629）等人一道成为“乌得勒支卡拉瓦乔主义”代表画家之一。不论内容抑或手法，洪特霍斯特的肖像画都与卡拉瓦乔作品有诸多相似处：他们笔下的圣母与乡间农妇无异，耶稣乍看上去也不过是布衣布裤的普通人。洪特霍斯特在借鉴卡拉瓦乔作品世俗风味的同时，滤去其中的血腥及暴力元素，使他的作品看上去别有一种安宁愉悦的味道。

洪特霍斯特《音乐会》

这种味道在《音乐会》(*The Concert*)一画中尤为显著。画中八名男女均衣着鲜艳，表情欢快，围在桌边，桌上乐谱摊开。有人对着乐谱练习，有人正演奏鲁特琴，还有人站在演奏家身后端着酒杯笑。画中演奏鲁特琴的两位女子体态丰腴，一位露出雪白臂膀，另一位酥胸半掩，引观者想及卡拉瓦乔和鲁本斯作品中那些极具肉欲的身体。画中立于演奏者身后端酒杯的看客，与画家另一幅作品《快乐的小提琴家》(*The Happy Fiddler*) 中人物的神态十分相近。值得一提的是，fiddler 在英语中，有“拉小提琴的人”和“游手好闲的人”两重含义。画作名称的多义性，与画幅呈现的情形两相对照，生出互文的趣味。

十七世纪西班牙画家委拉斯凯兹那件相似题材的画作《三位音乐家》(*The Three Musicians*)，看上去也是欢愉又轻快的样子。这幅画创作于 1617 年，属画家早期作品。那时候的他尚未进入西班牙宫廷为腓力四世效力，仍然习惯于从日常生活中寻找灵感，因此，他早期的作品不论内容抑或用色都显得十分亲切。《三位音乐家》一画采用三角形构图，三人一坐两立，坐着的那位年纪小些，右手握住一把鲁特琴，左手持酒杯，扭头望向画框外，神情很是愉悦。站立的两位正在演奏，各持一把琴，似在交流，又似在思考，互动意味浓郁。三位音乐人面前的桌子上有酒杯有面包，还有一把斜插在砧板上的小刀，看得出他们边演奏边讨论，还不忘享用美食。音乐家在这种环境中奏出的音乐，必不像《临

委拉斯凯兹《三位音乐家》

流抚琴图》那样虚渺，也不像《听琴图》那样庄重谨慎，而是活泼且富生趣的，在寻常生活的边角与缝隙中流淌，宛若柴米油盐单调日子中的调味料一般。

或许，对于委拉斯凯兹或洪特霍斯特等百多年前的欧洲画家来说，音乐是生活的良伴，与面包与酒一样触手可及且不可或缺。而在中国古代画家心目中，古琴等乐器奏出的清幽旋律足以牵引他们逃离俗世，走入一个安宁无尘杂的想象乌托邦中。

# 画梦

因为名字里有个"梦"字，自小到大一直被人问起会否常常做梦。的确，梦几乎每夜都有，有的甜蜜有的惊险，不过总是好梦多一些。可惜，醒来后昨夜的一个或数个迷梦，每每被晨光冲散，记不清也摸不到了。

有些画家不忍见到你我的夜梦或白日梦在一觉醒来后难觅踪影，便将那些仅仅存在于意念中的、触碰不到的风景呈现在画布上。不在梦中的我们，也能透过那些画作，窥见画中做梦人内心世界的纷纭景象，顺带想一想自己曾在梦中遇见的种种可以意会却难言传的微妙情绪。

以"梦"字命名作品的画家，有毕加索（Pablo Picasso，1881—1973），还有法国人卢梭（Henri Rousseau，1844—1910）。前者是立体主义（cubism）先驱，后者活跃的年份较早些，尚停留在后印象派（post-impressionism）语境中。不过，两人在画梦的时候，却用了相似的呈现手法。毕加索1932年的作品《梦》和卢梭在生命最后一年完成的《梦境》，均描绘了一位身处幻梦情境中的（半）裸女，且都是设色鲜艳、生动明快的模样。

创作《梦》的时候，毕加索五十岁，画中女子是他年仅二十二岁的情人。当时的画家虽说早已开启立体主义风格（强调画面上不同物件的交错、扭结或叠加），却并未完全自野兽派画法体系中抽离。画幅背景中大面积色块的涂擦，以及冷暖色调间的对撞等，均是再明显不过的野兽派风格。

虽然一些八卦爱好者每每热衷于讨论画中女子的半张脸会否看起来像男性阳具，但我更愿意谈一谈毕加索在这件作品中，如何描摹“梦”这一看不见摸不到的意象。初初看上去，这幅画留给观者的解读空间实在不多，因画中那半裸女子的半身像几乎已占去画面大部分空间。女子金发红唇，双目紧闭，头偏向左侧，看得出睡得正香甜。

虽说整幅画面并未讲明女子梦见了谁，又或梦中景象如何，但我们似乎可以从画中人半透明的衣衫以及护住私处的双手等细节中，推测出梦里的景象或许与欲望甚至性欲有关。而画面背景中的鲜艳颜色，不单反映出毕加索的创作风格深受野兽派影响，与画中女子热烈甚至辛辣的梦中世界对照看来，也颇为契合。在这件作品中，画家巧妙地借用画面颜色以及画中人的姿态，将一场蹑手蹑脚的春梦印在画布上，来去匆匆，欲说还休。

相比毕加索的欲言又止，卢梭在《梦境》(*The Dream*) 中描摹的景象则相当直白。画中女子半躺在雕花长椅上（看上去很像维多利亚时期大户人家客厅中的华贵摆设)，眼睛睁开，好奇地打量着周遭的一切，神情愉悦。显然，这深绿色调的丛林以及林中的珍禽异兽、奇花怪木，均超出画中人此前的经验，不然，她也不会像发现新大陆一般，对四周环境如此好奇。卢梭画中的女子，像是童话故事《爱丽丝梦游仙境》中的主人公，沿着某个神秘的洞穴滑落，落入一个脱离日常情境的古怪世界。书中的爱丽丝，遇见海龟、龙虾以及会说话的毛毛虫;《梦境》中的女子，偶遇树上的白孔雀、两只狮子、比狮子脑袋还要大的巨型花，以及身着彩色短裙、正在旁若无人吹奏乐器的土著居民。

卢梭自成年后一直住在巴黎，而他的创作，却从来都与人密楼高的城市无关。卢梭小时候，父亲负债，一家人生活困窘。长大后，他在律师事务所实习，却莫名其妙地牵扯进一桩罪案，不得已参军避难。后来，他与房东的女儿结婚，在二十年的婚姻中收获六个子女，却有五个早夭，妻子也在他四十四岁那年因病去世。几乎可以说，这个法国人不单工作枯燥乏味（退伍后他一直担任海关税收员），家庭生活也布满失落与悲伤的阴影。退休后，卢梭竟然能够单凭自学而成为一名出色的画家，恐怕也是希望借助笔与画布，暂时远离俗世烦忧吧。他的画作每每用色鲜艳，充满鲜活热烈的想象与原初的生命力。这些，不正是画家本人日常生活中匮乏的精神给养吗？

丛林及野兽是卢梭钟爱的意象。他热衷原始主义（primitivism）创作风格，却又做不到像同时代的画家高更（Paul Gauguin，1848—1903）那样放下一切前往大溪地隐居，只好退居色彩与线条的世界中，也算是一种纾解与发泄郁闷情绪的方法。画家曾说过这样一句话："梦的单纯的力量，支配着我的景物。"说来有些悲哀，或许只有在梦中，卢梭才能无所顾忌地做自己吧。

毕加索与卢梭虽说都是画梦，但毕加索笔下的做梦人是画中女子，画家充其量只是旁观者，而在卢梭的《梦境》中，画中

卢梭《梦境》

做梦人与画家本人的身份则有相当程度的重叠：梦，是画中女子的，也是卢梭自己的。卢梭笔下生机勃勃的原始丛林，以及丛林中神气活现的动物与植物，莫不是他渴望已久的生命状态。

听过这些美梦的故事，或许你会问：画家笔下的噩梦，又该是怎样的情形？对于噩梦的描摹，最为人熟知的画家，应该非瑞士艺术家约翰·菲斯利（Henry Fuseli，1741—1825）莫属。他黑暗惊悚的哥特式（Gothic style）画风以及对于神怪题材的热衷，用来呈现离奇惊惧的噩梦场景，再合适不过。

虽然不到二十岁便开始创作，但菲斯利直到1781年才终于在画坛崭露头角。帮助他成名的，是一幅名为《噩梦》（*The Nightmare*）的作品。画中女子正熟睡，平躺在床上，头和两只胳膊自床沿垂落，给人一种不稳定的观感。女子身上蹲着一只怪兽，表情狰狞；怪兽身后有一匹白马，半张开嘴，目光贪婪。怪兽名为“梦魇”（incubus），传说是专趁女子熟睡时吸其精气的男妖，而出现在夜里的母马，也与梦魇怪有相似的暗示意味。在英文中，“噩梦”(nightmare) 一词，正是由“夜”(night) 以及“母马”

菲斯利《噩梦》

（mare）这两个单词拼合而成。

十八世纪正逢哥特风格复兴，作家和画家纷纷以鬼魅的、离奇夸张的笔法，试图惊吓观者，引其关注。我们几乎可以想见，当这幅画在1782年英国伦敦皇家艺术学院的展览中出现的时候，观众见到这样充满暴力及性暗示的作品，该是怎样的惊慌失措。正如鬼故事越怕越爱听一样，人们对自己经验之外的鬼魅神怪场景，每每有一种近乎病态的迷恋。《噩梦》之后，菲斯利又创作出众多暗黑系画作，大多取材自神话或《圣经》故事，均受到追捧。他对于哥特风格的热衷，直接影响了后来的威廉·布莱克等英国画家；他对于肉体直白而赤裸的描摹，更让人想到活跃在十七世纪的、叛逆的荷兰画家鲁本斯（Peter Paul Rubens，1577—1640）。

画美梦的卢梭生前困窘潦倒，菲斯利却凭借对于噩梦的呈现，收获众多金钱及名气。有时候，世事真是引人唏嘘。

# 梯子通向哪里

读过《圣经》的你们，一定记得雅各的故事，从童年、少年讲到娶妻生子安稳过日子。那故事中，最吸引我的不是雅各的两位太太如何争风吃醋，也不是他略施小计赚得岳丈家的群羊，而是他梦中的梯子。

从前，雅各被父亲以撒派去舅舅家结亲。路长且阻，雅各日出上路，日落而息。走了四天，他累极了，枕石睡去。梦中，天上落下一架梯子，天使走下来，上帝站在顶端。上帝俯身对雅各说：我要将你所躺卧之地赐给你和你的后代。翌日清早，雅各醒来，将所枕之石立作圣石，并许愿神一路护佑，赐衣食。这该是我听过的最励志的梦。相比而言，唐人卢生的黄粱美梦和南柯太守的那场空欢喜，则荒凉失望得多。原来，见上帝，只需要一架梯子。

意大利人柯雷乔（Antonio Correggio，1489—1534）是文艺复兴时期颇具名气的艺术家。与当时很多画家一样，柯雷乔的作品大多以宗教及神话故事入题。他熟谙“明暗对照法”(chiaroscuro)，借助光线及阴影的对比甚至冲撞来突出画中主角，并在明与暗的

柯雷乔《耶稣从十字架上被放下》

视觉张力中，寻找场景中的戏剧感。《耶稣从十字架上被放下》（*Deposition from the Cross*）创作于1525年，是颇能体现柯雷乔艺术风格的画作。题材本身肃穆庄严且充满哀伤意味，时常为当时乃至后世的画家选取入画。柯雷乔并未效仿其他画家的做法，将十字架摆在画幅显眼处。他的画中根本见不到十字架，只有远处的一架梯子。

梯子不单帮助艺术家完整叙事，亦足以辅助构图。出现在画幅前景中的耶稣，自十字架上被放下，是濒死的，虚弱苍白，神情痛苦。圣母玛利亚及一众使女环绕耶稣，表情与姿态俱是哀伤扭曲。当主要人物均位于画幅前景的时候，画家必须要在背景处填补二三物件，以平衡乃至丰满整幅作品的视觉效果。他在画布的黄金分割处竖起一根立柱，立柱旁边支撑一架梯子，梯子上走下一位使徒。如是一来，不单画中内容愈见丰富，前景与背景之间亦形成“看与被看”的巧妙互动。有趣的是，画家只画了半截梯子，下方落在地面，上方却不知通往何处。我不禁想到雅各故事中那一架梯子。或许，柯雷乔作画时也想到那故事，将这梯子视作天堂与人世之间沟通往来的办法呢。

梯子有两头，可下可上。下接地，上触天，触高树上的雀巢和姑娘的闺房。想必不少被爱情之火炙烤得舌燥口干的小伙子，会忍不住在一个暖风沉醉的夜晚，像罗密欧那样顺着朱丽叶闺房阳台垂下的梯子爬上去，指着月亮说些肉麻兮兮的情话。梯子通向爱情，是两相情愿，是一处绵延不息的隐喻。爱情之外，梯子承载的还有很多，比如借梯攀树采蜜犒劳兄弟的苗家男子，比如BBC电视剧《雀起乡到烛镇》中爬梯补瓦养家糊口的英国农夫，又比如，说得不着边际些，梦想。几米漫画《黑白异境》中，小人儿"爬上长长的梯子"，掀开铁盖，终于能找到阳光。梦想和现实之间，也该有一架梯子。

也许我太乐观，梯子那端若根本见不到你我期待的景象，又该如何是好？我想到米罗（Joan Miro，1893—1983），那个在树上画耳朵的忧郁的西班牙人。米罗和毕加索同属一个时代，正赶上二十世纪二十年代那个美且罪的、惹人疯癫惹人迷的巴黎。米罗这一辈子，从花都的夜夜笙歌到加泰罗尼亚安静乡间，来来去去折转迁徙，忘不掉故乡，也放不开异乡。年轻时候的米罗看不惯巴黎，觉得它太任性太唯利是图，可后来，帮助他建立起名望声誉的，正是巴黎和那满城的任性。对漂泊的人来说，跌宕几许梦几许，沧桑后，常将异乡认成了故乡，再学东坡先生，说些“此心安处是吾乡”之类的话自我安慰。米罗也不例外，不然晚年的他不会感慨：“在巴黎，我发现了自己的全部。”

我常在米罗那些明快生动的画上见到梯子。有时，梯子小小得不起眼，躲在角落里［《加泰罗尼亚风景》（*Catalan Landscape*）］；有时，它占去画中一半篇幅，大得夸张［《犬吠月》（*Dog Barking at the Moon*）］；偶尔，梯子在米罗画中是实际存在的物件，出现在乡间屋舍中（《农场》）；更多的时候，那些梯子不论大小胖瘦，不是实物，而是一个个隐喻。大约四年前，英国伦敦泰德美术馆及美国华盛顿国家艺术馆相继举办米罗特展，取名“逃离的梯子”（The Ladder of Escape）。米罗为自己 1940 年第二次世界大战期间创作的一幅作品正是以《逃离的梯子》为名，而梯子这一时常出现在这位西班牙画家作品中的意象，亦象征了艺术家面对纷繁世

米罗《加泰罗尼亚风景》［又名《猎人》（*The Hunter*）］

Miró, Joan (1893—1983): *The Hunter (Catalan landscape)*, 1923–24. New York, Museum of Modern Art (MoMA). Oil on canvas,64.8 × 100.3 cm. Purchase. 95.1936 © 2016. Digital image,The Museum of Modern Art, New York/Scala, Florence

事时的思考与举动。

米罗的前半生，正赶上欧洲政治与经济局势在战乱中动荡不安的年月。这位西班牙人从来都不是爱好争斗、身先士卒的性格，在当时很多左翼艺术家纷纷以文学、戏剧以及绘画等为媒介大声宣告自己的政治理念时，这位超现实主义风格的支持者却远远躲开，逃到西班牙乡间，画一些星星、鸟和云彩之类，一副不问世事的审慎模样。

坊间对于米罗“不问世事”的态度一直存有争议，有人认为他就是关起门来自顾自创作的那类艺术家，也有人比如“逃离的梯子”策展人马克·丹尼尔和马修·盖尔等，认为米罗在二十世纪四十年代时事最紧张激烈且富戏剧化的时期，创作出不少反映甚至讥讽时事的作品，以某种隐晦微妙的笔法。且以 1940 年这幅《逃离的梯子》（*The Ladder of Escape*）为例，这幅画与米罗早些年的作品相比，显得格外压抑而沉重。沉暗的色调，画中畸变扭曲的几何图形，或多或少反映出艺术家身处纷杂跌宕社会中的绝望及不安。再看那画中梯子，不再像《农场》中那样中规

米罗《逃离的梯子》

Miró, Joan (1893—1983):*L'echelle de l'evasion (The Escape Ladder)*, 1940. New York, Museum of Modern Art (MoMA). Gouache,watercolor and brush and ink on paper, 40 × 47.6 cm.Helen Acheson Bequest. Acc. n.: 743.1978. 

中矩，也不似《加泰罗尼亚风景》中活泼且富童趣，变得格外抽象，甚至有些古怪。而且，梯子下端触不到地，上端又望不到天，两端都是空。从不知名的地方，梯子立起来；通向的，又是另一个未知。

通常上指梦想下至鲜活人世的梯子，在米罗画中，消解了一切乐天的、希冀盼望的属性。它们不规则，它们被随意丢放，它们不通往任何地方，宛若飘浮在某个虚空迷蒙的空间里。从那些梯子的形状和排布中，我隐约见到这位西班牙人欲说还休的纠结。梯子虽然可以助人登高，甚至助人逃离，但人在攀上梯子之后，忽然发现身处险境，无处躲避。个中悲伤，与当年画家本人在法国与西班牙之间奔波避难的遭遇相对照，引人唏嘘。

米罗素来敬仰英国神秘主义诗人威廉·布莱克（William Blake, 1757—1827），他的画作关注隐晦微妙的情绪与情感，亦不时流露出神秘难捉摸的意味。这或许可以用来解释为什么我们喜欢米罗，却常常看不懂他。或许，连他自己都看不懂自己。他不愿将自己限定在超现实主义流派中，又对立体主义心生厌倦。画中那些梯子，似乎是为他本人而画；他沿着那些飘浮在虚空中的梯子上上落落，一直在寻找不确定，也一直在与所谓的“恒常”与“经久”抗争。

图书在版编目（CIP）数据

绘画中的日常 / 李梦著. — 南昌：百花洲文艺出版社，2016.12
ISBN 978-7-5500-1979-9

Ⅰ. ①绘… Ⅱ. ①李… Ⅲ. ①随笔—作品集—中国—当代 Ⅳ. ①I267.1

中国版本图书馆CIP数据核字（2016）第266099号

出 版 者　百花洲文艺出版社
社　　址　南昌市红谷滩新区世贸路898号博能中心1期A座20楼　邮编：330038
电　　话　0791-86895108（发行热线）　0791-86894790（编辑热线）
网　　址　http://www.bhzwy.com
E-mail　bhzwy0791@163.com

书　　名　绘画中的日常
作　　者　李梦
责任编辑　童子乐　邹婧
经　　销　全国新华书店
印刷装订　北京旭丰源印刷技术有限公司
开　　本　880mm × 1230mm　1/32
印　　张　7
字　　数　100千字
版　　次　2017年2月第1版
印　　次　2017年2月第1次印刷
书　　号　ISBN 978-7-5500-1979-9
定　　价　42.00元

赣版权登字：05-2016-357

铁葫芦